地上の恋も無情！

―受難の突入篇

砂月花斗

Sunatsuki Hanato

文芸社ピーチ文庫

登場人物紹介

◆黒瀬《くろせ》武史《たけし》（30歳）
株式会社クロセ代表取締役社長。大成功を収める青年実業家だが冷血で非業な一面がある。ロンドン行きの機上で潤と出会ったことで徐々に変わっていく。

◆市ノ瀬《いちのせ》潤《じゅん》（22歳）
大学３年生。飛行機恐怖症。母の結婚式へ向かう機上で黒瀬の興味を惹き、特別な関係へ。彼の左胸を飾るピアスは所有物の証としてロンドン滞在中に黒瀬に着けられたものである。

◆時枝《ときえだ》勝貴《かつき》（33歳）
株式会社クロセ秘書室長。黒瀬の秘書。その仕事は黒瀬のプライベートにも及ぶ。眼鏡がトレードマーク。仕事はできるがストレスで切れること多し。相手や場所により人格が豹変する。黒瀬の異母兄・桐生勇一の親友だったが、その関係が別のものになりつつある。

◆桐生《きりゅう》勇一《ゆういち》（33歳）
黒瀬の異母兄であり時枝の親友（？）　黒瀬同様のやり手で実家の家業を継いでいるのだが……

◆佐々木《ささき》修治《しゅうじ》
勇一の片腕的存在。公私ともに勇一を支える。強面に似合わずロマンティストの中年男。

地上の恋も無情！　受難の突入篇

プロローグ

「入れ、大人しくしてな。喧嘩すんじゃねぇぞ。あと、掘り合うなよ。そいつも商品だからな」

男が乱暴に背中を押す。

放り込まれた先は薄暗い部屋だった。

振り返る前に、部屋のドアが締まる。

ガチャッと鍵の掛かる音がし、男が遠のく足音だけが響く。


福岡の港にある倉庫街。

その中で一際目を惹くトタンで覆われたボロくて壊れそうな建物。

塗装が剥《は》げた錆《さび》だらけのシャッターが、不快な音を立て一メートルほど上がる。

その隙間から倉庫内へと押し込まれた。

中には段ボールが所狭しと積まれていた。

箱に書かれた英字と日本では使用されていない種類の漢字が、それらがアジアからの荷だと想像させる。その箱の隙間を縫って奥へ連れていかれた。

放り込まれた部屋の中には先客が一人。

染《し》みだらけの汚いソファに少年が座っている。

綺麗な顔立ちをしているが、まだ幼い。

中学生ぐらいだろうか？

「おい」

反応がない。

こっちを振り向きもしない。

「おい、大丈夫か？」

少年の肩に手を置くと、ブルッと一瞬少年の身体《からだ》が震えた。

「お兄さん…誰《き》……？」

か弱い声で訊いてきた。

「市ノ瀬《いちのせ》、市ノ瀬潤《じゅん》っていうんだ。君は？」

少年が脅えた目で潤を観察する。

「お兄さん、奴らの仲間じゃないんだよね？」

「仲間じゃない。どちらかといえば、君の仲間かも」

「じゃあ、お兄さんも売られてきたの？」

嫌な言葉だ、売るの売られたのっていうのは。

ここは日本だ。

日本でも人身売買が存在するということか。

約二ヶ月前に自分の身に起きたことが思い出され、潤の気持ちが沈む。

「俺は誘拐されたらしい。売られたんじゃない。お前は売られてきたのか？」

「うん。父さんが僕を売った……」

実の父親が自分の息子を売ったのか？

こいつは親に売られてこんな場所に？

親が子どもを売っ払う？　そんなバカな！

貧しい国ならいざ知らず、ここは日本だぞ？

生活保護だってある国で子どもを売る事情って一体どんな事情なんだ？

この二ヶ月の間に、通常の生活では味わえないことを経験したつもりだった。

しかし、まだまだ厳しい現実が世の中には山ほどあるのかもしれない。

――そういえば、あいつの父親もまともじゃなかったようだし……

「なあ、名前を教えてくれ。年はいくつだ？」

「奴らの仲間じゃないなら、教えてあげる。僕は弘明《ひろあき》。十五歳だよ」

「十五って、弘明は…もしかして中学生？」

「うん、もう長いこと学校、行ってないけど」

「弘明の事情はよく分からないが、ここにいる間はよろしく頼むな。仲良くしよう。ここから二人とも無事に出られたらいいな」

「そうだね」

と呟《つぶや》く弘明の目に覇気《はき》はなく、自由になることをすでに諦めてしまっているように思えた。

弘明という名の少年の横に潤は腰を下ろした。

気を許してくれたのか、少年は潤の背にもたれてきた。

ソファーの上で脚を抱え込み、子猫のように丸くなると体重を潤に預けた。

「お兄さん、温かいね。兄ちゃんみたい……」

「弘明には、アニキがいるのか？」

「……いたんだ。お兄さんに少し似てるかも。僕の兄ちゃんも色が白くて、髪の毛が茶色だった。優しくてカッコイイ兄ちゃんだったんだぁ。…もういないけど。少しこうしててもいい？」

「いいよ。弘明も温かくて俺もホッとするよ」

華奢《きゃしゃ》な身体がまだ子どもだと物語っていた。

まだ、子どもの体温をしている。

潤もそうだったが、この年頃の男子は成長にばらつきがある。

小学生でも通りそうな肉付きだ。

この細い身体でどんな目に遭《あ》ってきたんだろう。

少し精神的にも幼い感じがするのは、辛い経験のしすぎだろうか？

ドキュメンタリーで見た虐待を受けた子のような幼さを感じる。

父親から売られる前に、手を差し伸べてやる人間はいなかったんだろうか？

背を貸してすぐに、少年の様子がおかしくなった。

具合が悪いのか、小刻みに震え出した。

「どうした？　寒いのか？」

「違う…注射されたから」

「注射？」

潤が少年に向き直ると、細い腕を取った。

右、左と袖を捲《まく》って確認する。左腕の内側に点々と注射痕《あと》があり、その周辺は内出血で青くなっていた。

「奴らに打たれたのか?」

「うん」

「何の注射か分かる?」

「分からない……でも、打たれてしばらくすると、僕の身体は変態になる……」

「変態?」

「ウン、変態。お兄さん、僕を軽蔑しないでね。身体が震えてきたから、そろそろだと思う…」

何のクスリを打たれたんだ?

覚醒剤?

あぁ、あまり薬物については詳しくないんだ。

ついこないだまでソッチ系のお知り合いはいなかったんだから。

きっとあの二人なら分かるんだろうけど……くそっ、こんな時でも顔が浮かんでくる。

だいたい変態っていったら、あいつの専売特許じゃないか。

こんな子どもが変態って、どういうことだ?

あいつの変態とこの子の言う『変態』は、度が違うと思うけど。

少年の身体の震えが峠を越え少し落ち着いたかと思うと、今度は目がヤバい。

トローンと潤《うる》んだ瞳で、顔が上気している。

自分の様子が変わっていくのを潤に見せたくないのか、少年は潤から離れてソファの端に踞《うずくま》った。

「…熱い……」

「弘明?」

潤に背を向けた少年が何を始めたのか、すぐに分かった。

身につけているコットンパンツの中に手を入れ、モソモソと動かしている。

「触ってるのか?」

「身体が熱くなって…勝手に…勃《た》つんだ…我慢できないの……」

そういうことか。

潤は少年のいう『変態になる』という意味を理解した。

注射の成分は、あいつが俺に使った催淫剤のようなものだろう。

「抜くと楽になるんだろ?」

「…うん……」

「してやろうか?　俺、上手いと思う」

「…お兄さんも…ぁ…変態…なの…?」

俺は変態じゃないっ!

ただ…恋人が男っていうだけで、その恋人が愛情溢れる凄い行為を教えてくれて…それが時々変態と周囲から言われることもあるが……俺は決して変態じゃないっ！　と、ここで否定しても虚《むな》しいだけだが……。

「変態じゃないけど、弘明より少し長く生きてるから一人エッチしてきた回数は多いよ。だから上手いと思うんだけど…。自分の手より他人の手の方が気持ちがいいし」

あいつに仕込まれたからとは言えない。

「…僕の…触るの…ぁあ…嫌じゃ…ないの…?」

「嫌じゃないよ。大丈夫、俺は変態じゃないから、安心して」

他人の性器を触るなんてあいつ以外のは無理と思っていたが、こんな幼い顔をした少年が薬物のせいで昂揚《こうよう》している姿はあまりに痛々しい。

同じ辛さを経験済みだったので、同情心から出た言葉だった。

「この部屋にティッシュはある?」

「…うん…この下に…たくさん…」

少年の側の肘掛け下に、ボックスティッシュが三箱、プラスティック製の丸いゴミ箱が一つ置かれていた。

ゴミ箱の中には、使用済み注射器数本と丸められたティッシュが入っているのが見える。

何度注射を打たれたんだ？

その度に一人で処理してたのか？

潤は少年の後ろから手を伸ばした。

「俺に貸してみろ」

触りやすいように少年のズボンと下着を下にずらすと、潤の手が少年の性器を捉えた。

「ァあっ……」

少年の身体が小さな声と共にピクッと反応を示す。

身体と一緒で、まだ幼さの残る性器だった。

潤のモノと比べてもかなり細く、色は薄いピンクで、それが張り詰めて揺れていた。

先端からはヌルヌルと蜜がすでに溢れていた。それを触って扱《しご》いても、潤が欲情することはなく、こんな子どもに酷《ひど》い奴らだと、怒りだけが湧いてきた。

「ん…すご、く…気持ち…いい…」

素直な感想を少年が洩らす。

「そうだろ？　イっていいから」

潤自身が弱いところは、この子も同じだろうと、意識して触《ふ》れてやる。

「…ぁあ…あん…もう…」

扱くスピードを速め、射精を促した。

「イけよ」

潤のその言葉に押されて、爆《は》ぜた。

「一回で大丈夫そう?」

自分の経験から、潤は少年に訊いてみた。

「うん、いつも一回で、治まるから」

「そうか。じゃあ拭こうか」

潤の手とソファに少年が飛ばした精液が付いている。

それと少年の性器に付着した精液を綺麗に拭き取った。

ソファの染みはもしかしたら精液か?

汚いソファだとは思っていたが……もしここに連れて来られた人間が一人や二人じゃないとして、この少年と同じような状況に置かれていたのなら、この染みは彼らが放出したものだ。このソファは、いったい何人の精液を吸っているんだろう……

ふと頭の中に、B級オカルト映画の映像が浮かんだ。それは精液ではなくて生き血を吸うソファだったのだが。

潤が不気味な想像を巡らせている間に、弘明という名の少年は衣を正していた。

「お兄さん、ありがとう」

少年が頭を下げ礼を言う。

「どういたしまして」

それに潤も応えて頭を下げた。

二人同時に頭を上げ顔を見合わせると、なぜだか可笑《おか》しさが込み上げてきて、二人同時に吹き出した。

ガチャという突然の解錠の音に、和やかな空気が一変し緊張が走る。

「楽しそうだな、お前ら。せっかく仲良くなったところで悪いがお別れの時間だ」

潤をここに連れてきた男と、あと別に三人。

男たちが少年を捕まえ、手錠を嵌《は》めた。

「クラブから迎えが来た。そろそろクスリにも身体が慣れてきただろう？　タップリと働くことだ。恨むなら自分の父親を恨むんだな。連れていけ」

一人の男が少年を連れて、部屋を出ようとする。

「お前ら、弘明に何をさせる気だ！」

「知りたいか？」

「ああ」

「お前には関係ない。とある場所で、客の相手をするだけだ。衣食住完備だから心配するな」

それって、売春だろ？

そんなことこんな幼気《いたいけ》な少年にさせられるか！

連れていかれるのを阻止しようと、潤が少年横の男に殴りかかった。

「ぐ、ぅうっ」

潤の腹に衝撃が走る。

腹を押さえ、なんとか体勢を整えようとした時、今度は別の男に羽交い締めにされた。

「お兄さん、会えてよかったよ。元気でね」

動けぬ潤にその一言を残し、少年は消えていった。

「今度はお前だ。悪いが、拘束させてもらう。それから、濃度の高いＢＢをご馳走してやる」

「ＢＢ？　なんだよ、それ！」

「ブルーバタフライ。さっきのガキにも数回打ったが、あのガキに使ったのは濃度の低いものだ。最初から高いのだとこの先使いモノにならないからな。心配するな、お前には濃度の高いもの使用してやる。天国に行けるぜ」

「催淫剤か？」

「ハハ、知ってるじゃないか。覚醒剤寄りの成分も含まれるから、普通のヤツより効くせ。楽しみにしてな」

男の合図で、部屋の中に椅子とロープが運び込まれた。

二人の男に潤は無理やり椅子に押し込められると、ロープで上半身を固定された。

小さな皿とゴムのチューブ、袋入りの注射器が並んだ銀色のトレーが潤の前にあるテーブルに置かれた。

男たちが黙々と作業を進めていく。

「お前ら、俺を誘拐したんじゃなかったのか？　金が欲しいだけじゃないのか？」

「おいおい、金目的だけでお前を誘拐したと思っているのか？　ただの誘拐なら、もっと資産家で背後に黒い繋がりがないヤツにするに決まってるだろ。お前のバックは厄介だからな。お前は、その厄介モノを誘《おび》き出すエサだ。俺たちの目的はお前の恋人の黒瀬だ。黒瀬を潰《つぶ》すことだ。ヤツには死ぬより辛い目に遭ってもらう」

何でこいつらが黒瀬を知ってるんだ？

黒瀬を潰す？

こいつら何者だ？

ただの田舎のチンピラだと思っていたのに、違うのか？

「準備はできたな。まあ、じっくり味わえや。滅多に経験できない味だぞ」

やに下がった面で、男が注射器を手にした。

ロープで固定されている上腕部まで袖は捲られ、ゴムのチューブが肘の少し上に巻かれた。

手首を椅子の肘掛けに押さえ込まれ、男が肘裏真下の静脈が浮かび上がった所を狙って注射針を刺した。

「やめろ――……っ！」

潤の声が狭い部屋に谺《こだま》する。

何でこんなことになってしまったんだろ。

…こんなことなら、――こんなことなら……

意地を張らずに黒瀬の言うとおり、あのまま東京に残っていればよかった。

もし黒瀬に何かあったら、全て俺のせいだ。

…くろ……せ……ッ…ゴ…メ…ン……お、れ……の……

☆

ったく、何なんだ、あの二人は。
いくら相思相愛になったからって限度があるだろ！
片《かた》やクロセの代表で、片や成人式を終えた大学生じゃないのか？
大人の常識っていうものがあるだろうが！
機内だぞ！
飛行機の中だぞ！
公共の場だぞ！
それをこともあろうか、ヒースローから成田に着くまで何回、乳繰《ちちく》りあってるんだ？
いや、この表現は男女間限定かもしれない。
じゃあ、なんて言えばいい？
怒りと羞恥《しゅうち》で脳ミソがちゃんと回転してない！
表現なんてこの際構うものか！

俺が制止しなかったら、間違いなくあいつら、機内で結合してたぞ！

いくらビジネスのシートが航空会社一押しの最新型でベッドのようになるからって、一つのシートに二人で寄り添って寝るか？

変な声が洩れる度に俺が空咳《からせき》して誤魔化していたんだぞ？

おかげで喉がボロボロだ。

毛布を二枚も駄目にしやがって、いくら高い金払っているからって、精液で汚していいってもんじゃないだろ！

他の客の好奇の視線がどれだけ集まっていたと思うんだ？

搭乗早々、派手にラブシーンを繰り広げるから皆《みな》興味津々だったじゃないか！

乗務員に気付かれないようにヤってたつもりだろうけど、二人一緒に一つのシートに収まった時から、怪しまれてたっていうんだよ。

はぁ……。

飛行機から放り出されてもおかしくないことやってた自覚はあるのか？

暴力行為じゃないけども、どこかの空港に臨時着陸して、降ろされていたかもしれないんだぞ？

はぁ……しかもまだイチャついてやがる。

輸入販売・金融不動産を取り扱うクロセグループのトップ、黒瀬《くろせ》武史《たけし》の秘書になって八年、時枝勝貴《ときえだかつき》は自分の人生の選択が、もしかしたら間違っていたのかもしれないと後悔していた。

　今までどんな困難な状況でも、自分より三歳年下の黒瀬と共に突き進む人生も悪くないと思っていたし、彼を見守ること、導いていくことが自分の使命とさえ思っていた。


　が、しかし——


「黒瀬」

「どうした？」

「時枝さんの頭から湯気が出てる……」

「熱でもあるんじゃない？　あいつは丈夫だから気にしなくていいよ。それより、潤……」

「ぁあん、バカ……」

　チュッ。

　チュッ。

　自分の背後から聞こえる妖しい水音と声に、時枝の脳内でブチッと音がした。

「もう、いい加減にして下さい。ここをどこだと思っているんですか？」

「日本」

「空港の入国審査待ちの列です。男同士でイチャついてよい場所ではありません！」

「却下」

「なんです？　その却下って！」

「そんな偏見に満ちた心の狭い男の言うことに耳を傾ける気はない。ね、潤」

時枝の言葉を素直に聞く気はないらしい。

注意された男、黒瀬武史は、十二時間前に紆余曲折を経てやっと想いが通じ合ったばかりの最愛の恋人、市ノ瀬潤に同意を求めた。

「時枝さんの口から、男同士だから……なんて言葉が出るなんて、ショック。味方じゃなかったんだ……」

「ほらみろ、潤もそう言ってるだろ」

さらにブチッ、ブチッと音が鳴る。

「申し訳ございません。私が間違っておりました」

軽く頭を下げた後、時枝が深く息を吸い込んだ。

「言い直します！　ここは、入国審査を待つ列です。女同士でも、男女でも、男同士でも、変態同士でも、恥知らずな者同士でも、イチャついてよい場所ではありません！」

時枝の大声がその場に轟《とどろ》いた。

「……時枝？　お前もしかして、始まっちゃった？」

「何がです？」

黒瀬の問いに時枝が喧嘩腰で受ける。

「生理」

「……は？」

「しょうがないよね。その間はイラつくこともあるし他人にあたりたくもなるだろう。それはお前のせいじゃないから、気にしなくていい」

「……月に一度訪れるアレのことですか？」

まさかな。

俺はどこからどう見ても男だし……

「他に何がある？　ちなみに、今この場で一番痴態を晒《さら》しているのは、私と潤じゃなくて時枝だからね」

その言葉で冷静になった時枝が、自分が大声で周囲の視線を一気に集めてしまったことを悟った。

痛い。

視線が痛い。

審査官までもチラチラこちらを見ている。

穴があったら入りたいとは、こういう状況のことだ、と時枝の顔が朱に染まる。

さらに追い打ちを掛けるように、黒瀬が続けた。

「ちなみに、ここは大声で喚《わめ》いてよい場所でもないと思うけど、ね、潤」

潤は腹を抱えて笑っていた。

「時枝っさんがっ、ヒッ、生理っててっ……あぁもう駄目っ、可笑《おか》しすぎて、ヒッ、死にそうっ」

人の恋路を邪魔するなってことなのか？

恋をすれば何をしても許されるのか？

酷すぎるっ！

俺の人生酷すぎるっ！

これが恋のキューピッドに対する仕打ちか？

駄目だ俺、終わってる。

キューピッドという可愛い言葉が浮かぶ時点でもう脳が崩壊し始めている。

二人を注意するところまでは、社会人として、また上司の至らぬ行いを軌道修正する部下として、何ら落ち度もなかったはずだ。

ただ、時枝は疲れていた。

クリスマスイブからこの丸二日、不眠不休でこの二人のフォローに回っていたのだ。ゆっくりと寝るつもりだった機内でも、二人の常識外の行動で結局一睡もできなかった。

疲れていて当然だ。

その結果、一瞬冷静さを失ったからといって、誰が彼を責められよう？

時枝勝貴、沈着冷静・クールが売りの三十三歳。

端整な顔の割に年より老けて見えるのは、きっと苦労が絶えないからであろう。

彼の受難は機内だけでは終わらない。当たり前のようにまだまだ続くのであった。

「なあ黒瀬、本当に俺お前のところに行っていいの？　突然だし、迷惑じゃない？」

「潤は私といるのが嫌なの？　一緒に正月を迎えたい人間が他にいる？」

「ばあちゃん以外いないけど」

「だったら、連絡を入れればいい。大学の冬休み中、東京にいてもいいだろう？　無理？」

空港のロビーで、市ノ瀬潤、黒瀬武史、そして時枝勝貴が立ち止まっていた。

福岡で暮らしている潤は当然のことながら、ここから飛行機を乗り継ぐか、または新幹線かで博多まで戻らないとならない。

只今、潤がこれからどうするのかを相談中なのだ。

約三週間前、ここ成田ではなく、関西空港からイギリス行きの便に乗り合わせた飛行機恐怖症の大学生市ノ瀬潤（当時二十一歳）と、株式会社クロセの社長・黒瀬武史、そしてその秘書、時枝勝貴。

黒瀬の興味を惹いたがために、イギリスで潤は言葉にできないほど酷い目に遭った。

黒瀬の恋人と誤解され、拉致《らち》監禁のうえ、秘密裏に行われている非合法のオークションに性玩具として出品された潤。

黒瀬と時枝によって救出されたものの、今度は黒瀬から無理やり犯され彼の所有物としての過酷な数日を過ごした。

黒瀬の真意を測りきれず、黒瀬の元を逃げ出した潤が、時枝の策略により黒瀬と想いが通じ合ったのが、先程降りた飛行機に搭乗してからだった。

潤と黒瀬の二人が晴れて恋人同士になれてから、まだ十三時間しか経っていない。

時枝の演出により黒瀬を死んだと思っていた潤と、潤のために身を引くつもりであった黒瀬。

劇的な再会を機内で果たし、時枝を呆《あき》れさせるラブシーンをこれまた機内で繰り広げ、さらに成田に降り立ってからも、人目を気にすることもなくバカップルぶりを披露し、時枝に疲労を絶え間なく与え続けている二人であった。

「無理じゃないけど……」

と言う潤の顔は嬉しそうだ。

十分イチャついているように周囲からは見えるのに、潤としては人目のないところで黒瀬と二人っきりでゆっくりしたかったのだ。

それは黒瀬も同じで、二人だけになったら、アレもしよう、コレもしようと、妄想が脳内の半分を占めていた。

「じゃあ、決まりだね」

二人のやりとりを黙って背中で聞いていた時枝が振り返る。

「社長、あなたは今から本宅です。先程本宅から携帯にメールが。そろそろ迎えが到着する頃だと思います。市ノ瀬さまもご一緒でよろしいんですね？」

黒瀬の顔が一瞬引き攣《つ》った。

「俺は何も聞いてない」

潤には〝私〟と丁寧な一人称を使う黒瀬だが、時枝には〝俺〟だ。今、その〝俺〟には不機嫌なトーンが含まれていた。

「あなたに伝えたら、逃げると思ったからでしょ。あちらも市ノ瀬さまにお会いしたいようですし……。これから先のこともありますし、年末年始はあちらで過ごすことになると思います」

　何だ、本宅って？

　黒瀬の家に行くんじゃないの？

　黒瀬の顔付きが変わったことに潤が不安を覚える。

　どういうこと？　と黒瀬を見上げた。

「しょうがないね。本宅からの誘いだと逃げるわけにもいかないし……。イギリスでの一件もあるし」

「黒瀬の所に行くんじゃないの？」

「潤、数日だけ私に付き合って。かなり驚くと思うけど……。大丈夫、私が付いているから、潤に怖い思いはさせない。部屋は離れを取ってもらうし」

　怖い思い？

「見ろ、潤が不安がってる」

　黒瀬が時枝を睨み付けた。

「だったら、市ノ瀬さまをこのまま福岡に帰しますか？　手続きをしてきますけど」

「そんなことできるわけないだろ。潤、私と一緒にいたいよね？」

「いたい」

　何か嫌な予感もしないでもないが、今ここで別れたら、いつまた会えるか分からない。

潤は黒瀬と少しでも長く時間を共有したかった。

「じゃあ、決まりですね。えーっと、そろそろ迎えが……あっ、あそこに」

カラス？

黒い集団が固まってこちらにやってくる。

よく見ると、黒いスーツに身を包んだ男たちの集団だった。

「ホント、趣味悪い奴らだよね～。幼稚園児じゃあるまいし、揃いも揃って黒に身を包まなくてもいいのに。面《おもて》だけで十分普通じゃないのにね」

何なんだ！

どうして強面《こわもて》の黒集団がこちらに来るんだ？

知らないうちに、潤は黒瀬の腕にしがみついていた。

「潤、大丈夫。アレ本宅からの迎えだから。怖いのは顔だけだし」

そんなこと言われても、こんな怖そうな集団、任侠映画の中でしか見たことがない。

えっ？

任侠……ヤクザ映画？

ヤ、ク、ザ？

ええーっ？

ま、まさか？

潤の脳が忙《せわ》しなく分析を試みる。

辿《たど》り着いた答えは一つ。あの集団は、ヤの付く職業の方々だということだった。

数秒後、それが間違いではないことが判明した。

「ボン、お久しぶりです。組長の命《めい》で、お迎えにあがりました」

黒集団の先頭を切って歩いていた男が、潤たちの所まで来ると、深々と黒瀬に頭を下げた。

「佐々木、殺すよ？　その呼び方は禁止のはずだったが、もう忘れちゃった？」

「も、申し訳ございません！　つ、つい、癖で……」

どう見ても黒瀬より十歳は上だろうという男が、額に汗を浮かべ黒瀬の冷たい視線に狼狽《うろた》えている。左目の横に五センチ程の傷があり、どう贔屓目《ひいきめ》に解釈してもヤの付くご職業にしか見えない。そんな男が恐縮している姿はかなり滑稽だ。

「佐々木さん、ご苦労さまです。彼が市ノ瀬潤さまです。一緒に本宅までお願い致します」

時枝が潤を紹介した。

佐々木という男と、その後ろに控えていた十数名いると思われる『黒』が、一斉に潤を見た。

揃いも揃って目つきの悪い男たちに眼《ガン》を飛ばされ、潤の黒瀬にしがみつく手に力が入る。

「佐々木も他の者たちもスマイル。潤が怯《おび》えてるじゃないか。普通にしてても悪趣味な顔なんだから、潤の前では意識して笑顔で通してよね。分かっていると思うけど、これお願いじゃないよ？」

「は、はい、ボン、じゃなかった、武史さま。ほら、皆笑顔だ！」

佐々木のかけ声で以下全員が引き攣った笑顔になる。

あまりに不気味でおぞましい光景に、潤の緊張はほぐれ、思わず笑ってしまった。

「改めまして。市ノ瀬さま、初めまして。佐々木修治《ささきしゅうじ》と申します。長旅ご苦労さまでした」

「頭を上げて下さい。俺の方が年下なんだから。初めまして、市ノ瀬潤です。いまいち事情が飲み込めていませんが……お世話になります」

慌てて潤も自己紹介をした。

「そろそろ移動しません？　我々は注目の的のようですから」

空港の到着ロビーに人が群がるのは普通のことだが、このカラスの集団が陣取っているのは普通ではない。

怖いモノ見たさなのか、皆遠巻きにこちらの様子を窺《うかが》っている。

時枝の一言で潤たち御一行は、空港を後にした。

訊いてもいいんだろうか？

黒瀬の住む世界がヤバいとは思ってたけど……黒瀬も組員だってことなんだろうか？

でも、時枝さんを見る限り、ソレっぽくはないし、黒瀬は社長のはず。

あ、でも時枝さん、喧嘩強いんだったっけ？

俺、殴れなかったんだよな……。

訊きたいのに踏ん切りが付かず、先程から潤は黒瀬の横顔をチラチラと盗み見している。

佐々木の運転する黒塗りの外車の後部座席に、潤は黒瀬と並んで座っていた。

時枝は助手席に座り佐々木と雑談をしている。

黒集団の人数からしてマイクロバスかと思ったら、数台の車に分かれて来ていたようで、潤たちを乗せた車の前後を走っている。

全車、黒塗りの外車で、しかもガラスにはスモークが貼られている。

『俺たち組関係です！』と主張しながら道路を走っているように思えて仕方がない。

「潤、どうしたの？　気分が悪い？　酔った？」

車に乗り込んでから、一言も口を開かない潤に黒瀬が声を掛けた。

「…あのさ……、訊いてもいい？」

「何でもどうぞ」

ニコリと黒瀬が微笑む。

「黒瀬って社長だよね？」

「そうだけど」

「…でも……ヤクザ…そのぅ、暴力団の人？」

「八十パーセントノーだけど、二十パーセントイエスかな？　ふふ、もし私が暴力団員だったら潤は私を嫌いになる？」

少し翳《かげ》りのある目で黒瀬が問う。

「ならない！」

強い口調で潤が言い切った。

黒瀬が驚いた表情を見せる。

「バカなこと言うな。俺はそんなことで人を判断しない……というか、黒瀬が普通じゃなくても、俺は好きだ。黒瀬が普通じゃないのはもう知ってるから。俺に対する気持ちだけを信じているし、黒瀬が世間で悪人でも好きだ。別に黒瀬がヤクザだったらどうしようと思って訊いたんじゃない。だったら、俺にも覚悟がいるのかなって思って……そういう世界知らないし…皆さん、凄かったから…ごめん、正直空港でビビッた…恥ずかしい…けど」

「私の雄花は最高だ…潤、愛してる……」

黒瀬が潤を抱き締めた。そして、二人が見つめ合いキスをしようとした時、

「ゴホン。盛り上がっているところ悪いですけど、佐々木さんもいらっしゃることですし……」

時枝の邪魔が入った。

「いや、アッシのことなどお構いなく…うっ」

運転中の佐々木の様子がおかしい。

「…くっ…感動しました……、素晴らしいっ、愛って素敵だっ」

四十は過ぎていると思われるこのヤクザな男は、涙腺がかなり弱いようだ。涙を流しながらハンドルを握っている。

「…どうぞ…お続けになって…下さいマシ」

「はぁ、忘れてました。佐々木さんが恋愛映画に弱かったってこと。涙流して観る人だった」

時枝が少し呆れたように呟く。

「じゃあ、遠慮なく。潤、好きだよ。大丈夫、何の覚悟も必要ないから……」

「……黒瀬」

潤の言葉に嬉しさを隠せない黒瀬と、自分の言葉を口にしたことで気持ちが昂揚した潤は、二人の世界に入っていった。

その後目的地に着くまでの間、時枝の疲れた神経を逆撫《さかな》でするような行為が後部席では続いた。しかも感動しまくりで涙を流している隣の男の鼻水を啜《すす》る音が、さらに時枝の神経をイラつかせた。

――ったく、どいつもこいつもっ！


「お疲れのところ申し訳ございませんが、組長がお呼びです。市ノ瀬さまもご一緒に」

佐々木が、潤と黒瀬を呼びに来た。

「やれやれ、あの人は相変わらず、自分の都合を押しつけるんだね。もっとゆっくりさせてくれてもいいと思うんだけど」

潤が連れて来られた〝本宅〟は、緑に囲まれた純和風建築の高級旅館を思わせる広い平屋だった。

門構えも立派で、表札は『桐生《きりゅう》』となっていた。

母屋とは別に離れがあり、佐々木と時枝は母屋へと消え、潤は黒瀬に連れられ直接離れに入った。母屋と離れは行き来できるよう廊下で繋がっているらしい。離れに入るまで黒集団以外の人間と会うこともなく、潤は手入れの行き届いた庭園を見ながら、黒瀬に付いていった。

「すげぇ、これ家?」

「びっくりした?　ちょっと広いけど、普通の家だよ」

普通って、これがか?

「別に、幽霊が住んでるわけでもないし、ただ広いだけの退屈な造りだ」

「ふ~ん、でも畳っていいよなぁ……」

和室の畳に潤が大の字で寝転がる。

「あぁあああ、日本だ――」

本当に帰国したんだと、潤は実感していた。

半分イギリス人の血が流れているとしても、やはり自分は根っからの日本人だと改めて思う。

ホッとする。

帰って来たんだ……帰れたんだ……

「潤?」

大の字になったまま、潤《うる》んだ目になった潤を横から黒瀬が覗き込む。

「へへ、嬉しいなぁ、って思って。ほら、俺、もう戻れないかもしれないって思ってたから」

「私も嬉しいよ。潤と一緒に帰国できて」

黒瀬の手が潤の目から溢《こぼ》れたばかりの雫《しずく》を拭《ぬぐ》う。

「黒瀬、あの時俺を落札してくれてありがとう。ごめんな、高い買い物をさせてしまって。黒瀬が助け出してくれなかったら、俺、今頃——っ」

「安い買い物だったよ。だから、泣かないで」

「嬉しくても涙って出るんだよ。二人きりだから、いいだろ?」

「じゃあ、私がその涙を拭き取ってあげるから、泣いてもいいよ」

黒瀬が前屈みになり、潤の頬に唇を這わす。

涙を舐めとり、そして、潤の唇と重なった。

そのままゆっくりと黒瀬が身体を潤の上に重ね、高まってきた欲望を愛の行為に置き換えようとしたまさにその時、廊下から二人を呼ぶ佐々木の声が飛び込んできた。

返事をしながら黒瀬の頭の中に浮かんだのは、自分たちを呼んでいるここの主《あるじ》と、呼びにきた佐々木が脚力の強そうな馬に蹴られ、二人揃ってボロボロになっている様《さま》だった。


組長って言うぐらいだから、威厳に満ち溢れた怖そうな人が待ち構えているんだろうか？

初老で恰幅《かっぷく》がいいんだろうな。

指は全部あるのかな？

そういうのって、下っ端だけだっけ？

刺青はあるかも。

あ、服着てたら見えないか。

任侠映画のイメージしか出てこない。

実際、そういった肩書きの人に出会ったことはない。

ずっと格下のチンピラクラスなら、街を歩けば目にすることも多いが、トップの方々との出会いは普通の大学生である潤にはなかった。

佐々木の先導で、黒瀬と共に潤は組長が待つという母屋の一室に向かう。

だんだんと、緊張してくる。

黒瀬と手を繋いでいるのだが、その掌《てのひら》がじっとりと湿ってきた。

「お連れしました。さあどうぞ」

佐々木が腰を落とし障子を開け、自分は廊下に残ったままで二人を部屋の中へ通した。

「し、失礼しますっ」

黒瀬は無言で、潤は上ずった声を発して、部屋の中に入った。

中央に床の間があり、その前に三十代前半ぐらいの着流し姿の男性が座っている。

部屋の左手の襖前に、見慣れた顔が座っていた。

「なんだ、時枝もいたの」

「はい、私も呼ばれましたので。先にお小言を喰らいました」

「ふ～ん、それで目の下隈《くま》なんだ。可哀想に、イジメられてたんだ……」

それをあなたが言いますか？

この隈はあなたとその雄花のせいですけど？

時枝が胸の裡《うち》だけで反論していた。

もちろん、表情は崩さない。だが彼の疲れが尋常でないことは、誰の目にも明らかだった。

「まあ、二人とも立ってないでお座り」

着流し姿の男が立ったままの潤と黒瀬に声を掛けた。

座敷の中央に二つすでに座布団が並べられている。潤と黒瀬の位置らしい。

いつ組長が現れるのかと、潤の緊張は増していた。潤は正座をすると、黒瀬の服を引っ張り、こそっと耳打ちをした。

「組長さん、すぐ来るのかな？」

「潤、何言ってるの？」

普通の声量で黒瀬が訊き直した。

「シッ、だから、組長さんだよ」

「いるじゃない？　潤、目が悪くなったの？　目の前に座っているじゃない。アレが組長だよ」

黒瀬が真正面に鎮座している三十代前半にしか見えない男を指さした。

「えぇえぇえっ？」

あまりにも想像していた組長像と違ったので、潤が驚きの声を上げた。

「二人とも、組長の前ですよ。行儀良くして下さい」

時枝の声に、自分の失態を潤は恥じた。

「失礼しましたっ！」

潤が赤面して詫びた。

「面白いのを拾ってきたな、武史」

「兄さんでも、潤に対して失礼な言動は許さないよ？」

兄さん？

今、兄さんって黒瀬言わなかった？

「ごめんごめん。武史怒るな。市ノ瀬君、私が桐生組の五代目組長、桐生勇一《きりゅうゆういち》だ。君の横にいる男の実兄だ」

「お兄さん？　黒瀬のですか？」

その若い風貌で組長というだけでも驚愕していたのに、その組長が黒瀬の兄という事実に、潤は横に座る黒瀬と前に座る組長の顔を、失礼を承知の上でマジマジと見比べてしまった。

和もの対洋もの。

対照的な雰囲気を醸し出している二人が兄弟？

緩いウェーブの掛かった色素の抜けたロン毛を後ろで結っている黒瀬は、鼻筋が通ったスッとした顔立ちで、着物よりはスーツだと思う。

一方、目の前の男は短髪で真っ黒の髪、鼻もまあ一般的な高さで、眼鏡を外した時枝を少し精悍《せいかん》にしたような印象である。

ただ、よく見比べてみると、確かに似ている箇所もあった。

目だ。二人とも切れ長の目をしている。形も似ている。

顔全体の造りがあまりに違うので、パッと見、似ていることに気が付かなかった。

「潤、驚いた？　あまり似てないだろ？　母親が違うからね。一応、ここが私の育った家だけど」

「──名前が、姓が違う」

潤の疑問に目の前の男が答えた。

「武史も昔は桐生武史だったのだが、独立する時に籍を抜いたからね。黒瀬は武史の母親の実家の姓だ」

「そうだったんですか……」

「だから、私は暴力団組員ではないから安心して。でも、ここが私の実家だし、この兄は組長だし、まあ、その他諸々《もろもろ》あるから、堅気とは言い切れないけども」

「その辺は大丈夫だって、言っただろ?」

とは言ったものの、潤は正直ホッとした。

やはり、ヤクザの世界にいい印象はない。

そこに自分もどっぷり浸かるにはかなりの覚悟が必要だ。

「そろそろ、本題に入っていいかな?」

「どうぞ、でも手短に。潤も私も疲れているんですから。早く解放して下さい。ゆっくり風呂に浸かりたいものだ、ね、潤」

黒瀬にふられて返事に困る潤だった。

黒瀬の兄とはいえ、目の前にいる人は組のトップで、そんな人に早く解放してくれとは、恐れ多くて言えるはずもなく……

「バカ、俺にふるなよっ」

と黒瀬の脇腹を突いた。

「怪我の具合はどうだ？　精密検査は受けたのか？　あまり無茶をするな、武史。もしお前に何かあったら、戦争になる。うちの構成員も黙っちゃいないだろうし、香港も物騒なことを仕掛けるだろうし」

そうだよ、死んでいたかもしれないんだ。

俺のせいで……

「心配掛けちゃったかな？　大丈夫ですよ。怪我は額だけだし、脳波も正常だったし。もしかして、それであんな大人数を空港に寄こしたのですか？」

「あれは、奴らが勝手に行ったんだ。お前のことが心配だったのと、噂の市ノ瀬君を一目見たかったんじゃないのか？　俺が命じたのは佐々木だけだったがな」

〝噂の〟って、どんな？

「社長はここのアイドルですから、事故に遭われたと聞いて、皆心配だったのではありませんか？　自分たちのアイドルが気に入ったという市ノ瀬さまも気になったのでしょう。いつまでたっても、社長は彼らにしてみたら可愛いボンなんですよ。はぁ、一体あなたのどこが可愛いのやら……」

静観していた時枝が割って入る。

言葉に刺《とげ》が含まれているのは、限界値まできている疲れのせいだろう。

「そりゃ、全てじゃない？　時枝と違って俺は愛されるキャラだから。時枝嫉妬？」

「もうその辺にしとけや」

放っておくと延々と続きそうな二人の応戦を黒瀬の兄が遮《さえぎ》った。

「二人とも相変わらずだな。それより大事な話が先だ。えっと、市ノ瀬君、付いてるんだよね？」

付いてる？

自分にふられた質問の意味が分からず、きょとんとした潤に、再度黒瀬の兄が問う。

「身体の中心に、ちゃんと玉を二つぶら下げているのかと訊いてるんだ。正真正銘の男かってこと」

「はい？」

性別を確認されてるのか⁉

俺が女に見えるとでも言いたいのか？

組長だかなんだか知らないけど、こいつはバカか？？？

どう見ても、俺は男だろうが！

潤は呆気に取られて、答える代わりに素《す》っ頓狂《とんきょう》な声を上げていた。

「兄さん、先程言いましたよね？　潤に対して失礼な言動は許しませんよ。どう見ても、可憐な雄花じゃないですか。ちゃんと付いていることは、私がこの目で確認済みです。変な詮索はしないで下さい。雌花じゃなく雄花です」

冷ややかな視線を目の前にいる自分の兄に向け、黒瀬が言い放つ。

だが、兄も負けてはいない。

「お前に訊いてない。俺は市ノ瀬君に尋ねてるんだ。ちゃんと付いているのか？」

是が非でも、潤の口から答えさせたいようだ。

「付いています！　竿も玉も全て付いてますが？　俺が女に見えるとでも言うつもりですか？　見たいですか？」

腹の立つ質問に、相手が組長だということも忘れ、潤は食って掛かった。

「そりゃ見たい」

否定すると思いきや、黒瀬の兄は潤を挑発するように肯定した。

「兄さんっ！」

「組長っ！」

間髪入れずに黒瀬と時枝が声を上げた。

潤は立ち上がるとジーンズのボタンを外し、ファスナーを一気に下ろした。

「潤、やめなさい！」

黒瀬が潤の手を掴み、その先の行動を制止した。

「兄さん、そんなに俺を怒らせたい？」

般若《はんにゃ》を思わせる形相で、黒瀬は自分の兄を睨んだ。

「ははっ、これはいい。根性が据《す》わっている。市ノ瀬君、悪かった。冗談だ」

冗談ってなんだよ。笑って済ませる気か？

憤然たる面持ちのまま、潤はファスナーを上げ、座り直した。

「では、男の市ノ瀬君に尋ねるが、君はもともとゲイか？」

「違います」

「じゃあ、武史が初めての男か？」

「はい、そうです」

「男の君が男の武史と付き合うことに少しの躊躇《ちゅうちょ》、いや抵抗はないのか？　同性だぞ？」

「ありません。好きですから」

潤は自分を試されている気がしていた。

「そうか、好きか。こいつのこと、怖くないのか？　まだまだ、君の知らない顔があると思うが？」

「知り合って短いですが、その間に憎んだことも怖いと思ったこともあります。でも、そういう感情があったから、俺は自分に大事なものが分かった。どんな顔を持っていても、俺は俺に対する黒瀬の顔を真実と思ってますから」

「……潤」

潤の熱弁に、横の黒瀬の顔が緩む。

「武史が、そんな優しい顔をできるとは知らなかったよ。お前にも訊こうかと思ったが、その目がお前の真実か」

兄、勇一は、黒瀬の変化に正直ショックを受けていた。

自分を含め誰一人として、今までこの弟にこんな柔和な表情をさせた者はいない。

笑っていても、いつもその目は鋭く、誰に対しても警戒心と敵対心が出ていた。

ヤクザな自分より深い闇の中で生きている弟だった。

そんな弟を昔からいつも陰で心配していた。

時枝から黒瀬が本気で他人に惚れたらしいという報告が入った時も、「まさか」と最初は半信半疑だった。

相手が男だということよりも、恋愛感情をこの弟が他人に抱いたということが、信じられなかった。

しかし、帰国を遅らせた理由が惚れた相手のためと聞き、事実なのかと認めざるを得なかった。

そして、今、弟の変化を目の当たりにして、この青年が与えた影響の大きさを嬉しく思う反面、身内として少し寂しさを感じていた。

「お互い、本気だということか。そうか、ならいい。じゃあ、市ノ瀬君は武史の恋人ということで、彼に何かあれば武史同様、桐生組と香港を敵に回すということでいいんだな?」

「はい、兄さん」

「お疲れのところ、悪かったな。市ノ瀬君と話せて楽しかった。はは、見損なったけどな。それは別の機会にでも、堪能させてもらうかな?」

「兄さん!」

「おお、こわっ。さあ、もう行きなさい。食事は運ばせる。今日は二人っきりでゆっくりするがいい」

やっと解放されるとあって、潤の緊張が解《ほぐ》れた。これから二人の時間かと心が軽くなる。

「さぁ潤、行くよ」

「失礼します」

潤と黒瀬は手を繋ぎ、二人仲良く退席した。

「さぁ、どういうことか、ゆっくり聞かせてもらおうか？」

　二人がいなくなった部屋で、黒瀬の兄、勇一が時枝と向き合った。

「先程、一連の詳しい話は申し上げましたが、まだ何か？　私も少々疲れているのですが」

「事故のことだ。お前が付いていていながら、どういうことだ？」

「ハア……、相変わらずのブラコンですね。二人きりなので、言わせてもらいますが……」

　時枝が前置きしてから、勇一に詰め寄った。

「勇一、お前の弟は一体何なんだ？　事故の時だって、自分から車に飛び込んだんだぞ？　どれだけ、俺の心臓が縮み上がったと思うんだ？　お前はここで俺の報告をボーッと聞いていただけじゃないか！」

　着流しの襟を掴み上げると、さらに時枝の攻撃は続く。

「俺はな、そりゃお前の弟と一生共にする覚悟はできている。結構、尽くしてると思うぞ？　先代への恩もあるし、親友のお前の頼みだしな。だがな、俺にも限度っていうものがあるんだ！　駅もバス停もないような場所に置き去りにされたり……」

　時枝の興奮と共に襟を掴む手に力が入る。

「勝貴、落ち着け！」

キレた時枝に首を絞められるんじゃないかと、勇一が焦ってなだめようと試みる。

だが、効果虚《むな》しく……

「レイプの手伝いさせられたり、大人の玩具《おもちゃ》を買いに走らされたり、事故の処理をしたり、機内で合体しないよう目を光らせたりっ！」

「勝貴、分かったから……苦しいっ！」

本当に首が絞まってきて、勇一が時枝を突き飛ばそうとするが、あまりに時枝との距離が近すぎて勢いをつけることができず、ただ胸を押している状態だった。

「だいたい、誰があの二人を引っ付けたと思ってるんだ！　俺だぞ、俺！　俺がキューピッドなんだ――っ」

勇一が殺されると思った瞬間、時枝が畳の上に倒れた。

「ゴホッ、大丈夫か、おい、しっかりしろ」

時枝の頬を軽く叩くが、ビクともしない。

「勝貴、こら、起きろ。おいっ！」

言うだけ言って、気絶したのか？

「……社長…あなた…って……」

なんだ、寝言を言っているのか。

しょうがない、寝かせておいてやるか。

こいつがこれだけキレるということは、そうとう鬱憤《うっぷん》が溜まってたんだろう。

溜まっているのは鬱憤だけじゃないかもしれないが……

明日にでもソープに連れていくとするか。

「おい、誰かいるか！」

「はい、」

「布団を一組、あ、いや二組ここに」

たまにはこいつの顔を眺めながら寝るのも一興かと、勇一は時枝と一晩一緒の部屋で過ごすことにした。

「露天風呂もある！」

「風呂だけは私も気に入っているよ。あとは広いだけの家だけど」

潤と黒瀬は離れの風呂の脱衣場にいた。

離れには母屋と別に風呂が付いている。

檜の内風呂と露天風呂の二つに、湯が張られていた。

「潤、早く脱ぎなさい」

上半身がすでに裸の黒瀬に背を向け、潤がモタついている。早く二人で湯に浸かりたい黒瀬が潤を急《せ》かす。

「…なんか急に…恥ずかしい……」

「さっき、あの人には見せようとしたのに？」

「あれは、俺頭にきてたし……」

「飛行機の中でも見たよ？　それ以前に潤の裸は何度も見てるし触ってるけど？　急にどうしたの？」

飛行機の中でも散々触り合ったし、可能な限りのありとあらゆることはしたのだが、全裸を見せ合うのは、お互いの想いが通じてから初めてだった。早く、黒瀬と肌を重ねたいという欲望が、かえって潤の羞恥心を呼び覚ましていた。黒瀬の裸の上半身を見ただけで、その胸に抱かれた時の感触が蘇《よみがえ》り、潤の心臓が激しく鳴り出した。

「俺さぁ…、あぁ…笑うなよ？　……好きになりすぎて、でもって、黒瀬の生肌見ただけで、ヤバいんだよっ、どうしよう」

「どうしようって、こうするに決まってるだろう？」

すでに脱ぎ終わって腰にタオルを巻いた黒瀬が、まだ自分に背を向けている潤の肩を掴むと、潤の身体を自分に引き寄せた。

「あっ、黒瀬の……」

後ろから抱きかかえられた潤の臀部に、黒瀬の中心があたる。

「ふふ、潤が服着ていても十分ヤバいんだけど。もう、待てないから、脱がすよ」

裸の黒瀬の体温が直に伝わる。黒瀬の興奮も伝わってきて、潤の身体も熱くなる。

子どもみたいに脱がされるのもどうかと思うが、抵抗するのは拒否してるみたいで、それは自分の意思とは違うと、潤は黒瀬の手の動きに身体を預けた。

シャツと下着を一気に剥がされ、黒瀬の手がジーンズにかかる。ボタンを外しファスナーを下ろすと、そのまま下着の中へ手を入れてきた。

「んっ、バカ…ッ」

「本当にヤバいんだね、潤」

黒瀬の手で触られ、耳元で、いやらしく黒瀬に囁かれると、さらに潤の身体はヤバくなる。

「言ってるだろ！　脱がすなら、早く脱がせよ！」

羞恥から潤の言葉が荒くなる。

「はいはい、お姫さま、仰せのままに」

「ぁあ」

左乳首を飾るアメジストのピアスをピンと指で弾いてから、黒瀬はジーンズと下着を一緒に下ろした。

「さ、入ろう」

「おい、バカっ。俺は女じゃないっ！　歩ける」

潤を剥《む》いた黒瀬は、そのまま潤の裸体を抱き上げた。新婚カップルでも今時しないだろうと思われるいわゆる『お姫さまだっこ』に、今度は潤が抵抗を見せた。さすがにこれは恥ずかしい。

「暴れないの。ね、どっちがいい？　外？　中？」

黒瀬は潤を降ろす気がないらしく、露天風呂がいいのか、檜風呂がいいのか、黒瀬の胸元で赤くなっている潤に訊いてきた。

露天風呂に入りたいが、年末のこの時期、いきなり外は寒い。

潤はまずは檜風呂がいいと答えた。

「っつ、バカッ…、いきなりかよ！」

黒瀬に湯船へ投げ込まれ、バシャ～ンと水飛沫《しぶき》と共に一度浴槽に沈んだ潤が、濡れた顔を手で拭いながら、黒瀬に文句を言う。

「ごめん、ごめん。あまりに潤が初々しく可愛い顔するから、抱っこしたまま潤の中に入りたくなってね。それもどうかと思って」

「だからって、放るなよ！」

「ふふ、でもこれで潤の変な照れも退《ひ》いたんじゃない？　あんな可愛い表情されたら、イジメたくなるだろ？　今日は優しくしてやりたいのに……」

黒瀬も湯船に入ってきた。

「今日はって…、明日は優しくしてくれないのか？」

「そうだね、潤次第？　ふふ」

「何だよ、それ。優しくしろよ…怖いのはヤだからな」

ロンドンの一室でされたアンナことやコンナことが、潤の脳裏に浮かび上がる。

こいつ…変態だから……

イギリスでの出来事を思うと、今の状況が夢みたいだ。

「潤、どうした？」

鼻の奥がツンとして、潤は黒瀬に向けていた顔を下に向けた。

「夢みたいだなって……。現実だよね、黒瀬。幽霊じゃないよな……、俺、今生きてる黒瀬と日本にいるんだよな」

下を向いたまま語る潤の顔に、黒瀬がお湯を弾いた。

「んもうっ、何するんだよっ！」

「ね、現実だろ？」

「バカッ」

小さく吐き捨てると、潤は黒瀬の後ろに回って、黒瀬の背中に話しかけた。

「車の中でも組長の前でも言ったけど、俺、本当に好きだから。黒瀬が悪人でも好きだから……。あんなに酷いことされたのに、お前のこと好きな俺って黒瀬同様変態かもな……」

「酷いな、人のこと変態って。ん、潤？」

潤の指が黒瀬の背中の傷をなぞる。

「そのうち、俺にもお前の傷を分けろよ、そういうものって、分かち合うものだろ？俺たち……その……恋人同士だよな？」

「もちろん。その傷、気になる？」

「うん。綺麗だよな。黒瀬には嫌な思い出かもしれないけど、ピンクの花びらが舞っているようだ」

「くすぐったいよ。こら、止めなさい……潤、こらっ」

本当にくすぐったいのか、黒瀬の背中が捩《よじ》れる。

「もう、悪い子だ。そんな子には……」

したいようにさせていた黒瀬が潤を振り向き、潤の中心をギュッと掴んだ。

「お仕置き」

「痛いっ！　バカッ、放せよっ」

「痛いだけ？」

意地悪く黒瀬が訊く。痛さで縮むどころか、逆に黒瀬の手の中で育っている。

「優しくするって、言った……」

「言ったけど？　でも、お仕置きとも言ったよ？　痛いだけじゃないよね？」

「…じゃない…けど……」

さらに黒瀬の握る手に力が入る。そこから頭まで突き抜けるような、痛みと痺《しび》れが走る。

「ったぁ…っ、あぁ…ん……」

折れると思うぐらい握り締められ、その後急に緩められた。

一気に血流が良くなり、湯の中で潤の雄芯はピクピク揺れ始めた。

「私のも触ってごらん」

黒瀬は湯船の中で腰に巻いてあったタオルを外すと、潤の手を自分の中心に導いた。

「凄い……」

何もしてないのに、それは潤のと同じくらい、いやその倍以上に張り詰めており、潤の手の中で潤同様ピクピク跳ねていた。

「私たちしか、ここ使わないから。ふふ」

黒瀬が潤の腰を両手で掴み、自分の太腿の上に潤の臀部《でんぶ》を乗せた。

父親の膝の上に子どもが向き合って座っている形をもっと窮屈にした感じで、潤と黒瀬の互いの性器が場所を求めて擦れ合う。

「一緒にイこう、ね」

「…黒瀬……」

湯より熱い黒瀬の熱を直に感じ、潤の身も心も蕩《とろ》けそうになっていた。

とろ〜んとした目で自分を見つめる潤を黒瀬も妖しく見つめ、視線を絡ませたまま、潤の唇に自分の唇を落とした。

優しく始まった接唇は、お互いの欲望のままに激しさを増す。

相手が欲しくて貪りつくし、蹂躙《じゅうりん》し合う。

浴室に、淫らな水音だけが響く。

その激しい口付けに合わせるように、潤の腰に置いた黒瀬の手が、潤の上半身を揺らす。お互いの雄芯が摩擦し、二人を一気に沸点へと押し上げた。

「…あっあぁ、黒瀬」

「潤、可愛い…ッ」

その瞬間、潤は黒瀬の首に巻きついた。

潤が先に爆《は》ぜ、黒瀬が後を追うように爆ぜた。

「黒瀬……好き……、あれ……」

「潤？」

黒瀬に身体を預けたまま、潤の身体から力が抜けた。

「あ〜あ、湯あたりおこしちゃったかな？」

時枝同様、潤もクリスマスイブからほとんど寝てなかった。

黒瀬の元から逃げ再会を果たした帰国の機内では、途中意識を飛ばすことはあったものの熟睡する間がなかった。

地上に降りてからは、今度は黒い集団に囲まれ、ヤクザの家で組長と緊張のご対面を果たし、その後がこの入浴である。

時枝ほどではないが、潤の身体も疲労のピークに達していた。ただ、本人は、黒瀬との再会で舞い上がり、その自覚がなかった。そんな身体で湯に浸かり、しかもその湯の中で興奮するようなことをすれば、当然疲弊した身体は悲鳴を上げるだろう。

「可哀想に、色々と疲れてたんだね」

黒瀬は潤の身体を脱衣場に運ぶと、自分と潤の身体の水分を拭った。

自分だけ浴衣をまとい、潤は裸のままで部屋に運ぶと、用意されていた布団の上にそっと潤を降ろした。


「佐々木、二人を起こしてこい！　いくら何でも遅すぎだ」

桐生組組長の勇一の声が母屋に響き渡る。

まだ朝の八時だというのに、この男には遅いらしい。

時枝と同じ年のくせに、起床が早朝の五時だという、はた迷惑な男なのだ。

上下関係の厳しい世界、下の者までそれに合わせた生活を強《し》いられる。

外で別に居を構えている奴らはまだマシだが、この桐生の敷地内で共に生活をしている佐々木以下数名は、組長よりも早く起きねばと、クラブ遊びも儘《まま》ならない。

滅多に会えぬ弟と、朝食ぐらいは共にと勇一は思っていた。

六時に一度様子を見に行かせたが、「寝てるようです」という報告に、疲れているのを起こすのは可哀想だと、その時は退いた。

しかし、いつも朝食を六時にとる男は、もうこれ以上待てないほど空腹だった。

「お前も起きろっ！　いつまで寝てる気だ！」

勇一は、身支度を整えた自分の横で、気持ちよさげに寝ている時枝の頭をベシッと叩いた。

「何するんですか、社長！……あれ？　勇一？？？」

やっと目覚めた時枝に、勇一の悪戯《いたずら》心が芽生えた。

「おはよう、勝貴。一晩楽しませてもらった。身体大丈夫か？　どこも痛くはないか？」

「……」

「初めてだよな。優しくしたが、痛むか？」

「お前、俺に何をしたんだ…ま、さか……」

落ち着け、落ち着くんだ！　と時枝は自分自身に言い聞かせた。まさかこいつとどうにかなるなんてことあるわけない、と思いつつも勇一の発した言葉で、ないはずの可能性が時枝の頭の中を駆け巡る。

慌てて、時枝が自分の身体を見る。

着ていたはずのワイシャツとズボンの代わりに男物の浴衣を着ている。

「俺もまさか、勝貴とこうなるとは思わなかった……言っておくが、無理やりじゃないぞ？」

「合意だと言いたいのか？」

「それは無理だ。お前に意識がなかったからな」

「そういうのを無理やりだって言うんだ！　この薄らトンカチが！　人のケツで遊んでるんじゃねぇぞ！　お前とはもう絶交だっ！」

冷静に考えることもせず、勇一の言葉を鵜呑みにした時枝は、長年付き合ってきた友人との決別を瞬時に決め込んだ。

「ぷっ、絶交って。あぁあ、腹いてぇ……」

真剣に怒っている時枝の前で、勇一が腹を抱えて笑い出した。

「お前は、中学のガキかっ…あぁ…これだから、冗談の通じない男は……、つうか、一人で勘違いしてねぇ？」

「……冗談なのか？」

「誰が、お前のケツで遊んでるって？　はあ、面白ぇ。俺はお前の寝顔を楽しんだだけだぜ。アホ面して寝てるからさ。時々、寝言で武史にお小言いってるし。久しぶりの畳だったんだろ？　ベッドじゃないから、身体が痛くなかったか？　って」

時枝は勇一にからかわれていたことをやっと悟った。

「…初めてだよな……とかわけ分からないことぬかしやがってっ」

時枝の拳が勇一めがけて飛ぶ。

「おっと、これでも組を率いている男だぜ。そう易々《やすやす》と殴られるかっていうんだ」

あたる寸前で避けられた。

「あれはな、俺の前で気を失ったのが初めてだよなっていう意味だ。はは、優しくはしたけどな。お前を着替えさせるの、楽しかったし、ちゃんと優しく寝かしつけたが？」

「お前、性格悪い。やっぱり、絶交だ！」

「誰がお前と絶交なんかしてやるか。バ〜カ、こんな面白いヤツ、他にいるか」

勇一は黒瀬以上に普段厳しい世界に身を置いている。

十代の頃からの友人、時枝といる時だけが地を曝《さら》け出してリラックスできる貴重な時間なのだ。

「なら、俺がその性格を叩き直してやる！」

桐生組の幹部が耳にしたら、卒倒しそうな言葉を遠慮もなく勇一に投げつける時枝だった。

「あの……、お取り込み中申し訳ございませんが、離れのお二人との朝食は諦められた方が」

部屋の外から、佐々木の歯切れの悪い声が時枝と勇一のやりとりに割って入ってきた。

えへん、と勇一が咳払いをし、ガキの口調から低音の大人の口調に戻る。

「どういうことだ？　俺は起こしてこいと命じたんだ。起こせなかったとでも言うつもりか、佐々木？」

佐々木の報告で、自分が空腹だったということを勇一は思い出し、機嫌が悪くなる。

「それが、ですね……、お二人ともすでに起きてることは起きてるんですが、……そのぅ」

すっかり恐縮してしまった佐々木が、次の言葉を吐き出せずにいた。

「なんだ？　はっきりしろや」

「佐々木さん、私が代わりに言ってさしあげましょうか？　見に行かなくてもあの二人のことは分かりますから」

時枝の口調も元に戻っている。

「時枝、言え」

「ヤってるんですよ。そうですよね、佐々木さん」

「……はい……」

「組長の可愛い弟君とその恋人は、朝から盛ってるんですよ。セックスしているってことです。あの二人、覚えたての猿と一緒ですから」

「朝からか？　朝食も摂《と》らずにか？」

そんな報告が来るとは思ってもいなかった勇一はガックリと肩を落とす。

「組長は、相変わらず弟想いなんですね」

このブラコンめが！　という気持ちを丁寧な言葉に置き換え、勇一に向けた。

時枝の目が『ざまあみろ！』と、意地悪く光っている。

「いいじゃありませんか。私と楽しく朝食をいただきましょう。佐々木さん、ご苦労さまでした」

佐々木を追い返した時枝は、さあ、今からこの友をチクチク攻撃しようと一人テンションを上げていた。

好きな匂いと安心感を与える温《ぬく》もりを肌で感じながら、心地よい眠りを堪能した潤が目覚めた。といっても、まだ目を開けているわけではないのだが、とりあえず、脳が覚醒した。

夢じゃないよな……

潤は瞼《まぶた》を開け、現実の状況を確認するのが怖かった。

恐怖の飛行機に乗ったことも、イギリスでのあり得ない経験の数々も、何より黒瀬のこと全てが夢物語だった…なんてこと……もしくはほとんどが事実で、最後の黒瀬が生きて目の前に現れたところだけが、実は俺の願望を反映した都合の良い夢だった、なんてことが……あったらどうしよう……

「潤、起きてるんだろ？　瞼がピクピクしてるよ」

潤の杞憂《きゆう》をよそに、黒瀬の声が耳元で響く。

それでも目を開けられなくて寝たふりをきめこんでいると、横にあった温もりが重さと共にドサッと潤の上に覆い被さってきた。

「目を開けなさい。開けないと……」

「うわっ」

耳の穴にヌルッと舌を差し込まれた。

「おはよう、潤」

驚いて、目を見開いた潤に黒瀬が笑顔で朝の挨拶をする。

「おはよう…黒瀬だ……良かった……」

昨日も一緒に風呂に入ってて、現実かどうか不安になったんだっけ？

あれ、風呂に入ってから、どうなったんだっけ？

「昨日、俺ら一緒に風呂に入ったよな？　それから……」

「潤、気を失った…というか、寝ちゃった。湯あたりだったのかな。気分が悪いとかない？」

「大丈夫。それより……俺だけ裸なんだ。黒瀬……」

潤が自分の上にいる黒瀬の背中に腕を回し、視線でキスをせがんだ。

軽めのバードキスが返る。

「それだけ？」

「何が？」

意地悪く黒瀬が訊いてくる。

「しよ、黒瀬。俺たち、まだちゃんとしてない。前にヤった時は、俺はまだ黒瀬の恋人じゃなかった。なあ、ちゃんと恋人として、しよう。じゃあないと、俺…これが夢じゃないかと不安なんだ。夢じゃないと刻みつけてほしい…痛くてもいいからさ。それに……」

「それに、なんだい？」

黒瀬が潤の言葉の続きを誘導する。

「俺も男だから、好きなヤツとは単純にヤりたい……あれ？　俺の場合はヤられたいっていうのが正解？？？」

潤は大胆な誘い文句を発しながら、実は必死で緊張を押さえ込んでいた。

昨夜同様、羞恥心も込み上げており、黒瀬の背に置かれた手は小刻みに震えていた。

「ふふ、潤も私と同じだね。昨日できなかったから、私も早く潤と睦《むつ》み合いたいと思っていたよ。可愛い寝顔で一晩中私を煽《あお》ったんだから、覚悟はいい？」

「覚悟？」

恐る恐る潤が訊く。

「啼《な》かせるかもしれないよ？」

「望むところだ！」

強がって潤が答える。

緊張がさらに高まるような黒瀬の言葉も、裏返せば、それだけ激しく愛し合うということで、嬉しい現実を体中に刻みつけてほしいと潤は願った。

潤の上で、黒瀬が素早く着ていた浴衣と下着を脱ぐ。

黒瀬の欲望も潤の欲望もすでに形になって現れており、臍の下に押しつけられた硬い熱に潤の身体が一瞬強ばった。

その先への期待から背筋にゾクッと微電流が走り、乳首が、特にピアスをしている左側がズキンと甘く痛んだ。

潤を妖しく挑発するように見つめながら、黒瀬は潤の両脚を自分の脚で割り、その間に自分の下半身を沈める。

「散らしてもいい？」

潤の蕾《つぼみ》に黒瀬の先端が押し当てられた。

「早く欲しい」

甘ったるく時間を掛けた前戯など欲しくない。

裂けてもいいから早く自分の中に黒瀬が欲しかった。

依然口から心臓が飛び出そうなほど緊張もしていたし、突き上げられる痛みを思い出し、激痛への恐怖心も湧いていた。しかし、与えられるものが激痛であろうと、それが黒瀬の命《いのち》を感じるものならば我慢してでも今すぐに欲しかった。

実際は生存していたのだが、それほど〝黒瀬の死〟が潤に与えた衝撃は大きかった。

「裂けるよ？」

潤の不安と焦りを見抜いているのか、黒瀬は解そうともしない。押し当てた先端で蕾をこじ開けようとしている。潤の様子を窺いながら、黒瀬も潤を傷つける覚悟をしていた。もちろん、潤が拒めばそんな乱暴なことはしない。自分が潤を欲しているように潤も自分を欲している。甘美な欲望だけでは、補い切れない不安を潤が抱いていることは、昨日から黒瀬も感じていた。潤が一番欲しいのは、これが現実であるという確証なのだ。

「いい。裂けたら手当てをしてくれるんだろ?」

むしろ痛みが激しければ激しいほど、夢でない証拠のような気がして、潤は一秒でも早く黒瀬が欲しかった。

グッと自分から黒瀬の先を迎え入れようと蕾を押しつけた。メリッと微《かす》かに音がする。

「早く、黒瀬。待てない。散らしてくれるんだろ」

自分を傷つけるほど本気で愛してくれるのかと、潤が黒瀬を挑発する。

「せっかちだね」

「……んっ!」

黒瀬が一突きする。黒瀬の先端は濡れていたが、潤の入口も内部も乾いており、潤の想いとは裏腹に侵入を拒もうと頑《かたく》なに花弁を閉じようとする。それを文字どおり黒瀬が一気に散らした。

「…つっ…う」

覚えのある激痛が走る。

思わず口から出そうになる「痛い！」という叫びを潤は必死で封印した。痛みを口にすれば、黒瀬も辛いだろうと、歯を食いしばり耐えた。

「痛いんだろ？　我慢しなくていいから」

「…大丈夫…、全部…は…やく……ッ……」

まだ半分も埋まってない。

早く全てを受け入れたかった。

「潤、愛してるから……」

裂けた窄まりから出血による潤いを借り、黒瀬が最奥まで一気に突き上げた。

「あっ、う…っ……」

凄まじい痛みに、潤の爪が黒瀬の背中を食《は》んだ。

潤を気遣ってか、黒瀬は動きを止めた。

「く、ろせ…あり…がと……」

潤の左右の目尻から、一筋ずつ涙が流れた。

「……潤」

激痛が嫌というほどの現実感を潤に与え、それを与えているのが黒瀬の欲望だと思うと嬉しかった。

――やっと、俺たち繋がった……

イギリスのアパートメントホテルの一室で、時枝に押さえ込まれ、黒瀬に無理やり強姦された時同様に身体を切り裂かれたというのに、潤の心は満たされていた。

「潤の中、温かい……分かる？　だんだん馴染んでくるよ」

異物を拒むことに必死だった内部も、やっと潤の想いと連動したのか、今度はジワジワと包み込むように黒瀬に絡んでくる。

「中で…大きくなってる……」

「潤の中が気持ちいいからね。しょうがないだろ？　痛みは酷い？」

「大丈夫…経験済みだから……」

少しだけ意地の悪いことを口走る。

「ふふ、言ってくれるね」

「でも…あの時とは違う…俺が黒瀬を欲しいんだから……」

「私も欲しいよ」

「もっと？」

「もっと。可愛《かわい》くて、でも男っぽくて強い潤がもっと欲しいよ。ほら、ここもそう言ってる」

ムズッとまだ内部で黒瀬の雄芯が膨張した。

「あっ、ヤバい、感じた……黒瀬」

　ねだるように、濡れた瞳で潤が黒瀬を見上げる。

「ん？」

「…欲しい…、動いてよ、気持ち良くして……」

「煽るね、ふふ、どうなっても知らないよ？」

「……啼かせろよ」

「お望みどおり、啼かせてあげる」

　激痛は退いたのか慣れたのか、あまり痛みを感じなくなっていた。痛みよりも潤の内壁を埋める黒瀬の雄芯が心臓のように息づいているのを感じ、官能への期待が徐々に高まってくる。その先が欲しかった。痛みとは違うもっと激しい刺激が。

「んっ…あぁっ」

　ズルッと黒瀬に退かれ、落胆の声が上がる。

「あぁあぁっ…ん……」

　退いたモノが今度は内壁を抉《えぐ》るように突き進む。

「潤、手を貸してごらん」

　黒瀬の背中に置かれていた手を下ろさせ、手と手を繋ぎ合わせた。

「目を閉じないで、私の目を見て」

湧いてくる快感を味わうように瞼を下ろす潤に、黒瀬が指示を出す。

「…あぁ…、くろ…せ…っ」

艶っぽく淫靡《いんび》な視線を送られ、繋がった下半身だけでなく、視線でも犯されている。

「潤、離さないよ」

動きに速度が加わる。

「…はっ…、あぁ…、あ、たり…まえだっ……」

「ごめんね、もう、離せないよ」

「…な…んで、…あや…ま…るっ……」

謝罪される覚えはない、と潤が睨む。

「潤を壊してしまいたくなるほど、好きだよ」

「うっ、ぁあっ」

速度に加えてさらに奥を開拓しようと、強さも加わる。

黒瀬から強い刺激と快感が与えられ、その官能の強さが潤の雄芯に形として現れていた。中を突き上げられる振動で陰茎全体が揺れ、その度に先端から露が溢れる。

「潤の、泣いてる」

「…バカッ、…そこ…も、うれし…、なき…ぁあ…ン…してんだ…ろっ…」

「中もグジュグジュ。気持ちいい？」

ドンと突き上げる。

「うっ、わっ…、バカッ、…いい…、スゴッ…く、い…い…」

「潤、本当に壊してしまいそう……愛してる」

「…ぁあうっ、…こわ…せ、よ…。あぁ…ん、くろ、せ…に…、こわされ…ても…っ…いい…」

黒瀬の抽送が激しくなり、押し寄せる快楽の波で潤の視界が曇ってくる。

「ぁあ、くろせっ、…すきっ、…すきっ、こわせっ…!」

「はっ、はっ、潤」

黒瀬の息も荒くなり、クライマックスが近いのが分かる。そんな黒瀬を煽るように、潤は自ら黒瀬の動きに合わせ腰を振り、よりお互いの欲望を引き出そうとした。

「ん、…ァあああっ…あっ」

先に、潤が爆ぜた。潤の飛沫が、黒瀬の下腹を直撃する。

「…はぁ、全部、欲しい…、全部、注ぎこんで…」

黒瀬の射精の予兆を内部で感じた潤が、黒瀬に注文を付ける。

「あっ、潤っ」

潤の精液を下腹で全て受け止めた黒瀬が、わずかな時間差で果てた。

潤の望みどおり、黒瀬は全てを潤の中に注ぎ込んだ。

戻ってきた裂傷の痛みと内部に飛び散った黒瀬の精液の感触が、甘い微電流となって果てた潤の身体を流れ、幸福感と充実感、そして次への欲望を潤に与えた。

「ありがと、黒瀬……」

繋いでいた手を解くと、黒瀬が潤の頬を撫でる。

「泣いてる」

自覚はなかったが、潤は涙を零《こぼ》していた。その露を黒瀬の指が優しく拭い取る。

「潤は泣き虫だよね」

「しょうがないだろ、泣かせるヤツが側にいるんだから」

「まるで私がイジメているような言い方だ」

「……もっと、イジメてみる？」

まだ潤の中に留まっていた黒瀬をギュッと潤が締め付けた。

「この子猫は、いつの間にそんなこと覚えたんだ？　ホントにイジメてしまいそうだよ。酷く裂けてるから、痛いはずだ」

自分が傷を負っているかの如く、黒瀬が辛そうな顔を見せる。それが潤の望みだったとはいえ、ここまで酷くはしたくなかった。

「そんな顔、すんなよ。今日は痛くてもいい…まだ欲しい…ココ見て」

潤が自分の下腹部を指さした。

「ふふ、勃ってる」

一度欲望を吐き出し、小さく収まっていた潤の性器は、また芽生えた欲求を反映して半勃ち状態だった。痛みよりも、黒瀬を求める欲望の方が勝《まさ》っている証拠を黒瀬に見せつけた。

「ここも……」

今度は黒瀬の手を自分の胸に誘導した。

「触ってほしそうに、熟れているね」

「……あんっ」

両の乳首を黒瀬の指が挟んだ。

「そんなにイジメてほしいんだ」

「ああ、優しくイジメろよな、黒瀬……」

潤が自分を見下ろす黒瀬の身体を引き寄せ、自ら黒瀬の唇に唇を重ねた。

存在を確認し合うような激しい営みとは違う甘美な行為が、その後潤が音《ね》を上げるまで続いた。


「スッキリしたか？　店のナンバーワンを譲ったんだから、もっと嬉しそうな顔しろよ」

風俗店とラブホテルがひしめき合う歓楽街。

とりわけ目立つヨーロッパの古城を模した建物から、桐生組組長の桐生勇一とクロセグループの社長秘書・時枝勝貴が、肩を並べ出てきた。

建物の看板には洒落《しゃれ》たレタリングで『ソープ・不夜城』とある。不夜城というぐらいだから、風営法を無視して夜通し営業している店なのだが、今の時刻は昼の二時を回ったところだ。

慌ただしい年末の昼間ということもあり、歓楽街の通りに人は少ない。ソープ不夜城は人気店のため、周囲の状況などお構いなしに、待合室には今年最後にもう一発抜いてもらおうというスケベ面した男たちで溢れていた。

そんな男たちを尻目に、入店するなりＶＩＰルームに通され、店のトップにそれぞれ手厚いサービスを受けた二人だった。

「はいはい、ありがとうございました。どこに連れていかれるかと思えば、桐生組直営の風俗店とは、ありがたくて涙が出ますよ」

「素直に喜べないのか？　溜まってたくせに可愛くないヤツ。ルミのテクは最高だったろ？　こっちの方が素直だ」

ズボンの布越しに、桐生組組長、勇一の手が隣を歩いている時枝の一物を握った。

「気持ち良かったと言ってる」

「いい加減にしろ！」

　大声を上げて殴りたい気持ちはやまやまだったが、二人の背後を付いてくる警護の組員数名の手前、殴るわけにもいかない。昔からの気安い間柄とはいえ、立場の違いはちゃんとわきまえているのが時枝だ。

　低い声で諌《いさ》めながら、勇一の手を払う。

「お前、昔はもっと素直だったのにな。一緒にナンパしていた頃が懐かしいぜ。もっと本能には素直になった方がいい。溜め込むのは身体によくない」

『3P、4P、楽しかったよな』と小声で勇一がイヤらしく続けた。

　そんな昔のくだらないことをよく覚えているものだと、時枝が眼鏡越しに冷たい視線を投げつけた。

「組長は、まだかなり遊んでおられるようですが、そろそろ身を固められたらいかがですか？　下の者も心配でしょう」

「おいおい、それをお前が言うか？　そのままお前にその言葉返すわ。お互い、初恋の相手が悪かったたな」

「……そうですね。あの方以上の女性と出会うことは無理ですし、どうしても比べてしまう」

「だろ？　同じだ」

歩きながら、「はぁ」と時枝が深い溜息をついた。

「ん、どうした？」

「勇一と、いや組長と、感性が同じかと思うとガックリきました」

「失礼なヤツだ。何を今更」

「組長がまだ独り身の理由があの方ってことに、軽い失望を……はぁ」

「ま、女には不自由してないし。お前も相変わらずモテるだろ？」

「ええ、おかげさまで。残念ながら、社長のお守《も》りでデートをするような時間はありませんが。しかもお守りが一名増えましたしね」

「はは、そりゃそうだ。まだ二時過ぎか……もう少し付き合え」

勇一が後ろを振り返り、組員の一人に車の手配をさせた。

「二人っきりで話がある」

本宅には戻らず、勇一が別に隠れ家として所有しているマンションへ向かった。

「ここに来るのも久しぶりだ。で、話って何だ？」

ドサッと革張りのソファに身を沈める時枝は、先程までと同じ人物とは思えぬ態度だ。

「えらく地に戻るのが早いな。いつもは二人っきりになっても、十分ぐらいはお前の口調は慇懃《いんぎん》だけどな。この二重人格者め」

「いいだろ、別に。久しぶりにおたくの弟から解放されてるんだ。しかも誰かさんの配慮で有り難いことに性欲処理までさせてもらって、身体が軽い」

「なんだ、喜んでんじゃゃん。さっきは怖い顔してたくせに。ブランディでいいか？」

「ああ、任せる」

　普段、人に世話を焼かせている勇一が、時枝のために甲斐甲斐《かいがい》しく酒とつまみを用意し、時枝はソファでふんぞり返っている。今の勇一の姿に、桐生組を背負う組長としての威厳は微塵《みじん》も感じられない。

「はい、乾杯」

　勇一が時枝にグラスを渡し、自分のグラスを傾けた。

「何にだ？　ルミちゃんのテクにか？」

「勝貴、そんなに楽しんだのか？」

「勇一はいつもルミちゃんか？　彼女お前好みのケツだった」

「なんだ、それ。俺の好みのケツって。まあ、うちの店のナンバーワンだから時々様子見がてら、遊んでもらってはいるが」

　時枝がグラスに口を付ける。

「勇一と俺はルミちゃん挟んで兄弟ってことか？　チェッ」

「チェッ、って何だ？　喜べ。光栄だろが。それより、あいつらのこと、正直どう思っているんだ？」

俺も座らせろと、時枝の横に勇一が腰を下ろす。

「あいつらって、社長……、お前の可愛い武史と市ノ瀬のことか？」

時枝が一人グラスを進めている。

解放感からか、それとも酒が高級だからか、今日はいつもより酒が美味《うま》く、ピッチが速い。

「そうだ。勝貴、側にいて止めるどころか、キューピッドだったたんだってな。キューピッド勝貴か……なんとなく語呂もいい」

時枝が、口に含んでいたブランディをブッと吹き出した。

「きったねぇな。自分で昨日言ったんだろうが、――ほら拭け」

勇一がローテーブルの上に置かれていたティッシュの箱を時枝に投げつけた。

時枝は顔と服に飛び散ったブランディを拭いながら、昨夜興奮して口走ったことを後悔した。

……こいつにからかうネタを提供すべきじゃなかった……

「分かるだろ。昨日は疲れてたんだ。二度とその言葉を口にするな！」

「その言葉って、どれだ？」

「そういうすっとぼけたとこは、兄弟本当によく似てるよ。もっとも武史の方が上をいくけど」

「おいおい、武史の悪口は言うな。あれがああなったのは……お前も分かっているはずだ」

勇一もグイッとブランディを飲み干すと、自分のグラスと時枝のグラスに琥珀色の液体を注ぎ足した。

「相変わらずのブラコンぶりに、乾杯。別に悪口は言ってない。事実だ。武史の方が勇一の数倍色々とヤバい。だから……本題に戻るが、俺はあの二人のことは認めている。そりゃ、武史にすれば最初はいつもの遊びの範疇だったんだろうが。ちょっと訊くが……」

「何だ？」

「勇一、お前武史に手を上げられるか？　頭にきたからって、殴れないよな？」

「当たり前だろ。武史だぞ？　……負い目もあるし」

「桐生組の中に一人でも殴れるヤツがいるか？　いないよな？　冷徹で冷酷、倍返しは当たり前、ヤクザより怖い一面を持つ武史に、手を上げるどころか意見さえできないよな？」

「あぁ、率直にあいつに物が言えるのは勝貴だけだ」

兄の自分でも遠慮している部分と、何を考えているか分からない弟を怖いと思ってしまうことがある。

「俺は意見はする。忠告もする。だが、やはりお前と一緒だ。手は上げられない。勇一は負い目からだけど、俺は同情からだ」

「あいつを殴ろうとするヤツがいるわけがない。百歩譲って仮にそういうヤツがいたとして、武史なら殴られる前に相手がボコだろ」

何を今更なことを訊いてくるんだと、勇一は勝貴に視線を投げた。

時枝がまたグラスを空にし、さっさと注げと言わんばかりにグラスを勇一の前に置いた。

「いるんだよ。一人だけ。もう分かるだろ？」

「……市ノ瀬か」

「ああ。躊躇なく、平手でビシッと。彼は俺も殴ろうとしたから、殴るのに俺と武史の差はない。同じ人間として武史を見ている。どんな裏があろうと、特別視をしているわけではない」

時枝のグラスにまた勇一がブランディを注ぎ、二人一緒にグイッと空けた。

「俺たちは市ノ瀬に完敗というわけだ。娘を嫁に出した父親の心境だ」

「何を言ってるんだか、このブラコン兄貴が……。まあ、分かる」

二人して肩を落とす。

「昨日、武史の目を見た時から、すでに敗北感はあったさ。上っ面だけじゃなく芯からの優しい表情をしてた」

「ああ。最初はただの執着だと思っていた。毛色の変わった玩具に興味を持っただけだと。でも違った。それを手放そうとしたんだからな。あの武史が、自分を抑えて、他人のために動こうとした。本物だろう。市ノ瀬には気の毒だけど、こっち側に来てもらうしかない」

「まだ、大学生だったな。勝貴、お前キューピッドなんだから、責任持って世話をしろ。あと報告も逐一な」

時枝のこめかみがピクッと動く。

「勇一、お前、殴られるのと、蹴られるのどっちが好きか選べ！」

「何を怒ってる」

「二度と『キューピッド』って言うなっ！」

「ははっ、キレるようなことか」

「うるせーっ、酒注げ、酒！　それか殴らせろ」

「お前、酒乱か？　酒弱かったか？」

「グダグダ言ってないで、さっさと注げ！」

久しぶりのアルコールの摂取に、時枝は酔い始めていた。普段黒瀬の側で抑圧されたものが、アルコールの力を借りて、一気に放出していた。そんな友人の変わりようが面白く、勇一はニヤついている。

「ほら、注ぐから、少し大人しくしろ。おっと、それを飲むのはちょっと待て。まだ話が済んでない」

「飲ませない気か」

ジロッと、時枝が勇一を睨み付ける。もうすでに目が据わっていた。

「おい、まだ脳みそは働いているんだろうな？　青龍《せいりゅう》のことだ」

青龍、通称『ブルー』は香港マフィアの一つだ。イギリスでの潤の拉致や潤を狙ったひき逃げの背後にいたのが、彼らだ。黒瀬と時枝の裏の仕事、盗品の売買で、黒瀬たちにいつも煮え湯を飲まされていたブルーが、潤を黒瀬の弱点として、仕掛けてきたのだ。

青龍と聞いて、時枝は話を聞く気になったらしい。続けろと、勇一に促した。

「お前たち、まだ手を下してはないだろ？」

「まだだ」

「もう緑龍《りょくりゅう》が動いた。武史をはねたヤツはあの世だし、青龍の幹部が一人行方不明だ。市ノ瀬を拉致するぐらいじゃ、動かないだろうが、武史を危険に晒したのはまずかったな」

緑龍は青龍のその上の組織にあたる。残忍さでは青龍の比ではない。黒瀬と緑龍、通称『グリーン』が懇意にしていることは、青龍も薄々勘づいてはいるが、実際の関係は知られてなかった。

「早いな。あの方の怒りを買ったということか?」

「武史が轢《ひ》かれたという知らせはその日のうちに香港にも届いてたようだ。逆鱗に触れたらしい。あの美しく優しい人は、息子のこととなると鬼になる」

「勇一、顔が赤いぞ。あの方は愛情が深いだけだ。幼い息子を置き去りにし、その結果あんなことが起こってしまったことで、ご自分を責めておられるんだ。鬼とか言うな」

はあっと、珍しく勇一が深い溜息をつく。その目はどこか遠くを見ているようだ。

「あんな綺麗で優しい聖母のような人が、武史に地獄を見せた原因だということが、皮肉だな」

「……ああ。俺たちの初恋の相手は、美貌が故に罪を作った。勇一、彼女は市ノ瀬を認めると思うか?」

「認めてるだろ。もう知ってはいるはずだ。何も言ってこないのは、認めている証拠だ。たとえ気に入らなくても、武史のお気に入りを消したりはしない。武史が悲しむようなことはしない。気に入らなくても、応援するだろ」

「だな……」

　時枝がグラスに手を伸ばした。が、まだ話は終わってないと、勇一がグラスを取り上げた。

「青龍のことは、お前たちの仕事絡みのことだ。本来俺たちゃ緑龍が手を下すことじゃなかったのだが、もう遅い。幹部が一人行方不明で、中がごたついているらしい。緑龍が潰しにかかるだろう。『窮鼠《きゅうそ》猫を噛む』ということもある。お前たちも報復を考えているんだろうが、今は時期が悪い。しばらく様子を見ろ。武史に動かせるな。これは桐生組組長としての命令だ。分かったか、この酔っぱらい。さあ、もういいぞ。飲め」

「はいはい。組長の命令とあっては、動くわけにはいきませんね。ただし、私の上司はあなたではなく、社長ですけど」

　勇一に組長面されたので、時枝はわざと慇懃に返した。

「止めろ、そのしゃべり。肩が凝る。話はココまでだ。さあ、楽しもうぜ。好きなだけ飲め。潰れたら、俺が責任を持って介抱してやる。……それも楽しそうだ」

　このままのペースで飲むと、潰れるのも時間の問題だ。潰れたら、何か悪戯してやろうと、時枝の手に戻したグラスに縁ギリギリまでブランディを流し入れた。

「だいたいな、お前が全て悪いんだッ……あぁ、勇一を殴ったら、スッキリしそうだっ。面倒なことばかり押しつけやがって……」

時枝の絡み酒の相手をしながら、勇一はその時を待った。


「…水……腹も減った……痛い……」

畳の上の敷き布団の上で、ダラ〜ッと腕を布団から投げ出し、足を四十五度ぐらいに開いたまま、潤が俯《うつぶ》せに横たわっている。腰には肌布団が掛けられているのだが、はみだした白い太腿に、数本流れた赤い血の痕《あと》が扇情的で、艶《なま》めかしい。

朝食も摂らず、黒瀬と激しく盛ってしまったツケが、潤の身体を直撃していた。

「時枝に軽い食事と薬を運んでもらおう」

自分だけ汗を流し、ラフな服装に身を包んだ黒瀬が、内線の受話器を取る。

「佐々木か。時枝はいる？　……あっ、そう。じゃあ、佐々木でいいから、何か食べるものと、鎮痛剤と裂傷用で染みない薬を持って来てくれ。……医者の手配はしなくていい」

用件だけ伝えて内線通話を終えた。

「時枝さん留守なんだ」

「そうみたいだね。佐々木が来るから、潤のその姿見たら卒倒するね。その美しい血痕を拭いておかないと、佐々木が鼻血出しそうだ」

「そんなに酷い？」

「潤のバージンはイギリスで奪ったつもりだったけど、今回の方がそれっぽい。セカンドバージンの方が、散り方が派手だ。本当は医者の手当てを受けた方がいいのかもしれないけど……」

「イヤだ」

間髪入れずに、潤が拒否した。

「黒瀬以外に触れられたくない。医者でもイヤだ。死ぬような傷じゃないし、大げさだよ。確かに今は痛みが半端ないけど、経験済みだから大丈夫だ」

イギリスのアパートメントホテルの一室で潤を無理やり強姦したことを思い出してか、黒瀬の顔が曇る。

「そんな顔すんなよ……黒瀬。俺、恨んでないぜ？　経験済みって、酷い経験だったっていう意味じゃないぜ？　最悪だったのは、拉致されてオークションにかけられたことだけで、その後のことは、凄まじい経験だったけど、酷いとは思ってないから……むしろ……」

黒瀬の俺に対する深い愛情だろ？　嬉しいよ……

口に出さずに、胸の裡で一文続けた。

黒瀬にそれが伝わったのか、表情から曇りが消えた。

「二回も黒瀬に奪われて、俺は満足だ」

エヘンと、潤がふざけてオッサン口調で言ったので、黒瀬の顔が緩んだ。

「じゃあ、何度でも奪ってあげよう」

「あぁ、そうしてくれよ。望むところだ、……腹減った……」

ふふ、面白い子だ。激痛で本当はそれどころじゃないくせに。

腹も減ってはいるだろうが、食べるどころじゃないはずだ。でも、空腹を訴えるのは、そこまで酷くはないから心配するなという潤なりの気遣いなんだろう。

黒瀬は潤の心情を見抜いていた。

事実、口だけは達者に動かしている潤だったが、身体はピクリとも動かない。

「ボン、食事と薬をお持ちしました。開けてもよろしいでしょうか？」

佐々木が離れにやってきた。

「少し待って」

佐々木に潤の扇情的な姿は見せたくないと、黒瀬が潤の肩から下をすっぽり布団で覆う。

「入って」

失礼しますと、佐々木が盆を持って入ってきた。潤が首だけ佐々木に向け、「こんにちは」と挨拶をする。佐々木も潤に一礼をする。

「これはどちらに？」

「受けとるよ。ありがとう」

黒瀬が佐々木から軽食と薬の載った盆を受けとると、座卓に置いた。

「ところで佐々木、もう老化現象か？　物忘れが酷くなったようだが？」

振り向きざま、黒瀬が佐々木に訊く。

「は？」

「それとも、嫌がらせ？　殺されたいとか？」

佐々木の顔がみるみるうちに蒼白になる。

「呼び方、何度言ったら分かる？　それとも、ヤクザは指でも詰めなきゃ分からないとでも言うつもり？」

これには佐々木だけじゃなく、側で聞いていた潤の顔も青くなる。

「も、申し訳ございませんっ。た、武史さまっ。嫌がらせなんて滅相もございませんっ！」

佐々木が額を畳に擦りつけて土下座をする。

「桐生組の若頭がこんなに物忘れが酷いようなら、兄さんも苦労するね。ところで

「……」

「はいっ！」

「時枝はどこに行ったんだ？」

「組長が遊びに連れ出したようです。夕飯までには戻ると思います」

「兄さんが一緒か。そうか……」

勇一までも留守だと告げられ、黒瀬の眼が一瞬光った。

「じゃあ、佐々木に一肌脱いでもらうことにしようかな。俺の頼みを聞いてくれるよね？」

……それは、内容にもよりますが……

と思う佐々木だったが、先程の自分の失言のこともあり、「はいっ！」と潔く返した。

「で、頼みとは？」

恐る恐る佐々木が黒瀬に訊く。

「とても簡単なことだ。人目につかないように俺と潤をここから俺のマンションまで運んでくれ。兄さんが戻ってくる前にここを抜け出したい。簡単だよね？」

二人を連れ出すこと自体は簡単だが、問題はそんなことをすれば、組長の怒りを買うことは目に見えている。年末年始を可愛い弟と過ごしたいと思っていることは、組の誰もが知っている。つまり、黒瀬の申し出を受けるということは、組長を裏切るということになる。佐々木の額に冷や汗が滲む。

「そんなことをすれば……」

「すれば、何？」

「…組長を……」

「組長を？」

見る者を凍らせるマイナス十度はありそうな冷たい視線で、黒瀬が佐々木を睨む。

死を覚悟で佐々木が続けた。

「……裏切ることに……。年は下でも組長は親。子が親を裏切ることは、この世界では許されませんっ」

言ったぞ、えらいぞ、と黒瀬の視線に負けずに言い切った自分を褒めてやりたい心境の佐々木だった。

「だから？」

「……はい？」

「だから、何って訊いているの。まさか、一度受けた事柄を、簡単に覆したりしないよね、桐生組の若頭ともあろう方が。それとも何、一度『はい』と返事をしたものを、この組では簡単に反故《ほご》にしても問題ないんだ。へぇ、桐生組も落ちたものだ」

『はいっ』と、答えてしまったことが、佐々木の命取りだった。それに気付く頃には、もう逃げられない状況に陥っていた。

「だいたい、佐々木は兄さんから、俺たちをここに閉じこめておくよう、命令されたの？」

佐々木が直に申し渡された言葉は、「出掛けてくるから、後を頼むな」だけだった。

「いえ、それは……」

「じゃあ、問題ないじゃない。裏切るも何も、命令に背くわけじゃない」

「そりゃ、そうですが……」

「ということで、一時間後に、車を裏へ回しておいて」

食事と薬を運んだばっかりに、黒瀬からとんでもないことを頼まれた佐々木は、自分の不運を呪った。

子どもの頃の黒瀬を知る佐々木にとって、黒瀬は可愛い存在だったが、時に悪魔になるということを、すっかり失念していた。離れを訪れた時とは違う生気の抜けた表情で、佐々木は母屋へと消えていった。

「佐々木さん、大丈夫？　顔が暗かったけど……」

黒瀬と佐々木のやりとりを傍観していた潤が、佐々木を気遣う。

「大丈夫。あれでもヤクザの端くれだから、これぐらい平気。ふふ、それより潤、ここ出るから。私のマンションに連れていくよ。二人っきりで、過ごそう」

黒瀬の提案は潤にも嬉しいことだった。

「うん。…でも…問題が一つ……」

「動けないんだろ？　私が運ぶから潤は心配しなくていい。それより、食事にしよう」

黒瀬が潤の身体を起こし、自分が座椅子のようになり潤の身体を支えた。運ばれてきた食事は握り飯と卵焼きとお新香とお茶。それを盆ごと潤の膝に置き、全て黒瀬が潤の口に運んだ。

「手は動くのに……」

「いいじゃない、私に世話をさせて」

過保護だなと思いながらも、潤は黒瀬に世話を焼かれるのが嬉しかった。

食事を終えた二人は、本宅を抜け出すべく準備を始めた。とはいっても、潤は動けないので、黒瀬一人が動いている。

空港から本宅へ連れてこられてまだ一泊。

解いた荷物はほとんどなく、潤に至っては荷物自体がないに等しい。

イギリスに持っていった荷物のほとんどはパディントンのホテルに置きっぱなしで、黒瀬と時枝がオークションの際に買い戻してくれた荷物のみで帰国した。空港に行く時、悠長に荷物を取りに戻ることもできなかったので、そのままだ。

よって、潤を運ぶための準備だけが必要だった。黒瀬は浴室から湯を張った桶とタオルを運んでくると、潤の身体を清拭《せいしき》した。その際、後処理のため、タオルを巻き付けた指をまだ少し緩んでいた潤の蕾に挿入した。痛いのか気持ち悪いのか、潤の身体がピクッ、ピクッとしなる。恥ずかしいのか、枕に顔を埋めて洩れる声を潤は押し殺していた。

黒瀬は自分が放ったものをタオルで丁寧に拭うと、今度は薬を裂傷に塗り、最後に鎮痛剤を飲ませた。

「ジーンズは無理じゃない？　このまま移動しよう」

「裸で？」

「毛布で包《くる》むから問題ない。服着るの大変だよ？　寒くないようにするから」

「……分かった。でも、間違っても俺を毛布の中から落とすなよ……全裸を人前に晒すのは勘弁だからな」

「そんなこと、私も勘弁だ。大丈夫、潤の一人や二人、落とさないでちゃんと運ぶから」

「俺、一人しかいないけど」

言葉のあやだろと、額を軽く小突かれた。

潤の寝ている布団の横に黒瀬が毛布を広げ、潤をゴロンと転がした。潤の頭部と腕だけ出し、潤の身体を黒瀬が器用に毛布で包む。

「準備完了。蓑虫《みのむし》潤の出来上がり。ふふ、可愛い……」

可愛くはないと思うぞ……と呟いてはみたものの、黒瀬の満足した顔に、潤は嬉しさを覚えた。

「そろそろ、一時間経つね。じゃあ、出発しようか、蓑虫姫」

「ぷっ、何だよ、それ。蓑虫に姫って変だろ」

「グッドなネーミングじゃない？『蓑虫のように毛布に包まれた、私の可愛く可憐なお姫さま』って呼びたいのを、ちょっと長いから省略してみました。駄目？」

ひょいと黒瀬が潤を抱き上げた。

「駄目じゃないけど……姫ってどうかな……俺、男だし、……ん、ま、いっか」

「そういうところが男らしいよね、蓑虫姫」

『男らしい』と『姫』が一緒に並んで使われるのも変だが、男らしいと称されて悪い気はしなかった。

「重くない？」

「大丈夫、落とさないから。心配なら首に腕を回してごらん」

束ねた黒瀬のロン毛の下に腕を回し、潤が黒瀬に掴まる。

「ラブスプーン着けてるんだ。嬉しい」

シャツの胸元から、潤が黒瀬への愛の証として贈ったラブスプーンが覗いている。

裸の黒瀬の胸元にはラブスプーンはなかった。だからといって、別に黒瀬の愛情を疑うわけではなかったが、身に着けてもらえるとやはり嬉しい。

「昨日風呂に入る前、念のために外してたけど、さっき着替える時に着けたんだよ。これ木製だから、水とか汗に弱いはず。濡らすとカビが生えるかもしれないし。知り合いの業者に頼んでいつでも着けられるよう、加工してもらおうね」

「ありがと、黒瀬。スプーン、大事に思ってくれてるんだ」

「やだな、潤。当たり前だろ？　潤が私にくれたものだよ？」

「うん、じゃあ俺もこれ……」

毛布の上から左胸に手を置く。

「大事にする……あと、こっちにもな、そのうち装着してくれよ」

左から右へと置かれていた手が移動する。

「いいの？」

「それこそ、当たり前だろ？　そのつもりでくれたんだろ？」

返事の代わりに、黒瀬が潤の額にキスをした。

「潤には敵わないね。さあ、行きますか、蓑虫姫」

「荷物は？」

「まずは一番大事なモノから運ばないとね」

バカ、と小さく呟いて、潤は頬を染めた。

潤を抱えた黒瀬が、離れを出る。佐々木が策を練ったのか、庭に人影はなかった。別に見られても構わないのだが、見た者たちは後々、なぜ止めなかったと勇一の咎《とが》めを受けることになるだろう。

命令に背くわけじゃないと佐々木には言い切った黒瀬だったが、勇一にしてみれば、佐々木の行動は裏切り以外の何物でもないと、黒瀬にも分かっている。

相手が長年組を支えている佐々木なら、勇一とて、そう酷い仕打ちはしないであろうということは計算済みだ。しかし、その下の者ともなると、親を裏切った子として血の雨が降りそうだ。

自分たちのせいで誰かが犠牲になるのは本意じゃないと、黒瀬の中にも僅かな良識があった。しかし、それはこの場合、佐々木の犠牲の上になのだが。

足早に手入れの行き届いた庭園を進む。

裏門まではジャリが敷かれているので多少音が出る。それを気にする様子もなく黒瀬が歩を進めた。

「どうした？」

黒瀬が急に立ち止まった。

「何でもない」

と言う黒瀬の顔は険しく、庭の奥に見える小屋を見ていた。黒瀬の目に一瞬影が走ったのを潤は見逃さなかった。

「行こうか、蓑虫姫」

すぐに表情を元に戻して黒瀬が潤に微笑む。

その小屋が何だったのか訊いてはいけないものだと潤は判断して、無理に笑みを浮かべた黒瀬に「うん」と頷《うなず》いた。

門をくぐると、佐々木が待っていた。

空港に迎えに来た時と同じ黒塗りの車が停車しており、後部座席のドア前に立っている。

「さ、どうぞ」

佐々木がドアを開ける。黒瀬が前屈みになり、毛布に包まれた潤をゆっくりとシートに降ろす。

「佐々木、悪いが荷物がまだ部屋だ。まとめてあるので、取ってきて」

「承知しました」

「急いでね」

黒瀬の命で、佐々木が離れに走る。

潤の横に黒瀬も乗り込み、佐々木が戻ってくるのを待った。

「ボ、じゃなかった、武史さま、荷物はこれで全部でしょうか？」

戻ってきた佐々木が確認をする。焦って戻ってきたのか息が上がっている。

「ああ、全部だ。積んでくれ」

佐々木が荷物をトランクに積み、運転席に座る。

出発したら最後、どう言い訳すればいいんだ？

不本意ながらも二人を脱出させる羽目になった佐々木は、この後の展開を思い、緊張していた。ハンドルを握る手が汗ばんでいる。

「じゃあ、出発しますよ」

自分の迷いを打ち消すような気合いの入った佐々木の合図と共に、潤と黒瀬を乗せた車は桐生組本宅を後にした。


「……」

「どうした？」

黒瀬の胸に抱かれたまま、潤は仰天し言葉を失っていた。

通常のエントランスとは別に用意されているらしい、一階の出入口。

そこを通った時も造りの豪華さに唖然《あぜん》とした。大理石しか使用されてない床と壁。

しかもその場でこれが鍵代わりになるからと、潤の指紋と掌の静脈をセンサーに読み取らせ、暗証番号と共に記録した。

それだけでもかなり驚いたというのに、直通のエレベーターに乗り、着いた先がいきなり玄関の外ではなく中だった。

「……何でエレベーター降りたら、もう家の中なんだよ。普通、エレベーターの扉が開いたら、目の前は通路じゃないのか？」

「そう？　このフロア全部が私の部屋になってるから、通路は必要ないんじゃない？　玄関口を別に設ける必要性もないし、この建物自体がうちの会社の所有だしね」

本宅に連れていかれた時よりも潤は驚愕していた。

「そうは言っても、武史さま。このような造りを目にしたら誰でも驚きますよ」

荷物を持って後からついてきた佐々木が、潤の反応を当然だと擁護した。

「そうか？　無駄を省いたらこうなっただけだ。あ、荷物は奥まで運んで」

先に佐々木を進ませてから、潤を抱え直し、奥の寝室まで運んだ。

「黒瀬って、服装だけじゃなくてインテリアのセンスもあるんだ」

玄関は驚いたものの、その他は高級な造りのマンションという感じで特に仕掛けはなかった。しかし、材質に拘《こだわ》っていることは大学生の潤にも分かる。高級感が溢れているのに成金趣味的な下品さは一切ない。選び抜かれた家具と間接照明の醸し出すシックで落ち着いた空間に黒瀬のセンスが覗《うかが》える。

「お褒めいただきありがとう。仕事で輸入家具も扱っているしね。良い物が安く手に入るから。潤の部屋も作らないといけないね」

黒瀬がキングサイズのベッドに潤を置く。包んでいた毛布を剥ぎ、フカフカの羽毛布団の中に潤を入れた。

「ここに?」

「嫌かい?」

「……嫌じゃないけど、俺福岡に戻らないといけないし……」

「いつ来てもここで過ごせるように、必要じゃない?」

「でも、ここに来た時は黒瀬と一緒にいたいから……、俺個人の部屋はいらないと思う。身体が平気な時も、ここで一緒に寝てもいいんだろ?」

この子猫はなんて可愛いことを言うようになったんだろう。あんなに酷い目に遭わせた俺にここまで愛情を示してくれるなんて……。

布団の中から顔だけ出して、上目遣いに見上げる潤に、黒瀬の心臓がキュッと締まる。

「もちろん。じゃあ、この寝室に潤専用のクローゼットを作ろう。荷物置き場にしてもいいし、身体一つで遊びに来てもいいように、服や靴を置いていてもいいし」

「服や靴は自分で揃えるよ。あまり甘やかしてくれるなよ。俺、男だし、全てを甘えるわけにはいかない。ちゃんと仕事ができる人間になりたいし、ちゃんと黒瀬と向き合える人間にならないとな。そうじゃないと、時枝さんに負けた気がする」

「どうしてここで、時枝が出てくるんだい？」

「だって、黒瀬のこと何でも分かっているじゃないか……癪《しゃく》だけど俺よりずっと黒瀬の過去を知ってるし、仕事のこともそれ以外も……、俺が黒瀬の一番になりたいっ」

言ってて恥ずかしくなったのか、潤が布団を被った。

「ふふ、潤のジェラシーは嬉しいね。潤は私の一番だよ。私の未来をずっと一緒に歩いてくれると信じているけど？　過去より、未来の方が長いよ、きっと……」

潤の顔を覆っている布団を黒瀬が剥がす。

あからさまな嫉妬を口にしてしまって赤面した潤の視線が、照れ臭そうに泳いでいる。そんな潤の頬を両手で挟むと、黒瀬が潤の唇にバードキスを落とす。

「潤、好きだよ……。ちょっと待ってて、佐々木を放置したままだから行ってくる。ついでに飲み物を持ってこよう。何がいい？」

「水が飲みたい」

「分かった。身体が怠《だる》かったら、寝てていいよ。起こしてあげるからね」

「うん、ありがとう」

じゃあ、と潤を一人残して黒瀬は寝室を後にした。

「佐々木、ご苦労だったね。お茶でも飲んでいけば？」

「お茶でしたら、アッシが」

「じゃあ頼む。急須と湯飲みはそこだ。葉はそこにある。宇治にしてくれ」

本宅と違い、勝手の分からないキッチンで、佐々木が黒瀬と自分の分の茶を淹《い》れる。

キッチンの椅子に座り、黒瀬が携帯を弄《いじ》り始めた。

「もしもし、時枝か？　……兄さん？　まだ外出中ですか？　どうして時枝の携帯にあなたが出るのですか……そうですか。じゃあ、明日になりますね。あ、そうそう、時枝が捕まらなかったので、佐々木を借りてますから。頼み事をしましたので。ええ、あなたが断りもなく時枝を連れ出してくれましたので。…分かりました。佐々木にもそう伝えておきます。明日には時枝を返して下さいよ。色々と不便ですから……。じゃあ、楽しい夜を」

湯飲みに茶を注ぎ終わった佐々木が蒼白な顔で黒瀬を見ている。

「ご自分で、バラされたのですか？」

「何を？　本宅を出たことか？」

「ええ、そんな内容だったと……」

「盗み聞き？」

「滅相もございませんっ」

「冗談だよ。本宅を抜けたことは伝えてない。わざわざ言う必要はないだろう？　佐々木を借りたとは言ってあるけど。ま、先に言ってあるから、そこまでの咎めはないんじゃない？」

　気を利かせてワンクッション入れてくれたつもりなのだろうか？

「あの、組長はまだ、出先でしょうか？」

「そう、ビクビクするな。兄さんと時枝は朝まで戻らないらしい。正確には戻れないんだけどね」

「そりゃ、また、どうして」

「情けないけど、時枝が酔い潰れたって。あの男は酒には強いはずだけど。だらしないな。だから今夜一晩は兄さんにバレることはないから、いい夢が見れるよ。ふふ、明日は分からないけど」

　この命も明朝までか……。

　今日でも明日でも、組長の怒りを買うことには変わりはないと、佐々木の肩がガクリと落ちた。

「お茶が冷めるから、飲んだら？」

気のせいだろうか？　自分にこれから降り注ぐであろう災難を、楽しんでおられるように、感じられるのだが……。

「いただきます」

「佐々木、桐生組の幹部にしては、腹が据わってないよね」

「ボンっ、いや、武史さまっ、それはいくら何でも言い過ぎです！　アッシだって、いざとなれば、命ぐらい組のために投げ出す覚悟はありますっ」

「ふ〜ん、なのに、こんな小さなことでビクついているんだ。さっきから顔色がクルクル変わってカメレオンみたいだよ」

「それは……」

確かに組の存続に係わるような大事をやらかしたわけじゃない。もしかしたら、組長も事情を察してくれるかも……ああ〝事情〟が、ない……。ただ断れなかっただけだ。

無理やりポジティブシンキングに持っていこうとしたが、逆に言い逃れができないことを佐々木は思い知らされた。

脅されたわけではない。

結局自分が弱くて、言いなりになっただけじゃないのか、と、四十過ぎの強面ヤクザは猛省した。

「そんな顔をするな。まるで俺が佐々木をイジメているみたいじゃない？　ふふ、もう解放してあげるから、時枝に言付《ことづ》けしてくれる？」

はい、と佐々木が頷き茶を啜る。

「少し待てよ……」

黒瀬がメモ帳を取り出し、何やらペンで記した。

「これに書かれたものを明日買ってくるように言ってくれ。あ、兄さんにバレる前に接触した方がいいかも。ほら、佐々木の状況次第では、時枝と話せないかもしれないだろ？」

それって、暗にこの身が危ないと言ってやしないか？

「いろいろ、世話になった。もう行っていいから。潤とこれでやっと二人きりになれる。あのまま本宅にいたら潤も気を遣うだろうし、兄さんが邪魔しに来たかもしれないし。きっと潤も佐々木には感謝していると思う。佐々木は俺たちの救世主だ。だから、明日は誇りを持って兄さんと対峙して」

最後にツボを外さないのが黒瀬の狡《ずる》いところだ。単純な佐々木が何に弱いかを知り尽くしている。

「アッシがお二人の救世主ですか……。はいっ、後のことはアッシが責任を持って始末しますので、ご安心を」

今の今まで組長を裏切ってしまった自分の行動を悔い、組長の怒りを測ってビクついていたというのに、黒瀬の見送りの言葉で、悪漢に囚われた恋人同士を救出した、正義のヒーローに自分を置き換えていた。

そう、佐々木は恋愛映画で涙する男なのだ。

単細胞で良かった、とエレベーターに乗り込む佐々木の背筋の伸びた後ろ姿を見て黒瀬は思った。

さぁ、潤に水を持っていってやろう。

自分のテリトリーで二人っきりになれたことに、黒瀬は顔が緩むのを抑えきれなかった。

頭が割れるとはこういう状況をいうのだろうか?

鈍器で殴られた疼《うず》きと偏頭痛が重なり合ったような痛みに時枝は襲われていた。

「おはよう、勝貴。気分はどうだ?」

「…ん、勇一か…ここは…、お前の部屋だったな……」

トレードマークの眼鏡のない顔をゆがめながら時枝が答えた。

「記憶はあるのか?」

「ソープの帰りにここに来て……、飲んだじゃないか……、ブルーに対して…今は動くなだろ……」

「それから？」

「まだ何かあったか？　それから飲み明かしたんだろうが……くそっ…、あったま割れそうだっ！」

しかめ面で上体を起こそうとする時枝を、勇一が不気味な笑みを浮かべ手伝う。

「…水、くれ…、薬あるか……」

ガンガン鳴る頭を抱え、とりあえずこの痛みから逃げ出したかった。

「ほら、二日酔いの薬と水」

時枝は礼も言わず、差し出された錠剤を乱暴に口に投げ込んだ。

そのままソファの上で踞ること数分。テーブルにあった眼鏡に手を伸ばす。

「……効いてきた……、だいぶ楽になった」

頭も視界も楽になった。

「それは良かった。じゃあ戻るか。ほら、服」

勇一がシャツと袋に入った真新しい下着を投げつけた。

「何だ、コレ？」

「俺のシャツ貸してやる。下着はさすがに新しいのがいいだろ？」

何を勇一が言おうとしているのか、すぐに時枝は理解した。

「何で、俺パジャマ着てるんだ？　俺の服はどうした？」

その質問に一瞬勇一の眼が妖しく光ったのだが、時枝は自分が着ているパジャマに視線を落としていたため、気付かなかった。

「色々汚したから、洗濯機の中。ズボンはそこ」

ソファの背もたれに昨日身につけていたズボンはあった。薬が効いてきて、少しずつ時枝に思考力が戻る。

下着まで渡されたってことは？

そういえば、この感触は直にパジャマのズボンを穿《は》いている……のか？

ウエストのゴムを広げて中を覗いてみた。

「……穿いてない」

時枝がギロッと勇一を睨み付けた。どういうことか説明しろと、その眼は問いかけている。

「朝っぱらから眼が怖いぜ。早朝はもっと爽やかにいこうぜ。さっき、俺言ったろ？色々汚したから、って。気持ち悪そうにしてたから、脱がしてやったんだ。その上、パジャマまで着せてやったんだから、感謝しろよ」

「その色々汚したってなんだ、説明しろ」

「だからお前、昨日酔って暴れて酒を零したりして、大変だったんだ。普段クールな秘書さんの変貌にマジ驚いたぜ。お前いつから酒乱だ？　乱れるお前も悪くはないが」

勇一がウィンクを飛ばしてきた。数年来の友人歴ではなかった行為に、時枝の背筋に悪寒が走った。

――引っかかる。額面どおりに受け止められないのはどうしてだ？　零したり？『たり』ってことは他にも何かあるってことじゃないのか？　思い過ごしか？『乱れる』って、酒飲んで暴れる時にはあまり使わない表現のような気もするが……いや、思い過ごしだ！　それ以上何があるっていうんだ、バカバカしい。過剰反応すれば、昨日の朝のように嘲《あざ》けられるのがオチだ。この身体が気怠《けだる》いのも二日酔いに因るものに違いない。

「お前、意外と可愛いよな」

お、落ち着け。挑発に乗るな！　ここで反応すればヤツの思う壺だ。

「そりゃ、どうも」

ほう、そう来たか？

勇一は時枝の反応を楽しんでいた。

時枝が詰問する気がないのなら、昨夜の〝楽しい〟出来事について、自分から教えるつもりはなかった。

ま、そのうち、形跡でも見つけるんじゃないの？　と、〝ソレ〟を時枝が発見して驚いている顔を想像するだけでも愉快だった。


「おかえりなさいましっ」

本宅に戻った時枝と桐生組組長勇一を、表門で佐々木以下本宅在住組が出迎える。

「留守中変わったことは？」

「……」

勇一に訊かれ、とっさの返事に詰まる佐々木だった。

変わったことは大ありなのだが、それをここで暴露していいものかどうか。

「ん？」

「……あの……、ボンから用事を頼まれまして、それをこなしていましたが……、それぐらいでしょうか？」

しどろもどろに佐々木が返答した。

「あぁ、その件は武史から聞いている。ご苦労だったな」

「何です？　社長の用事とは？」

黒瀬の秘書である時枝は、黒瀬のことで自分の関知しないことが存在するのを好まない。

「なに、俺がお前を連れ出したので、佐々木を代わりに使ったそうだ」

「あの、ボンから時枝さんに言付てが…」

今がチャンスかと、佐々木が時枝に黒瀬から預かったメモを渡した。受け取り、中身を確認した時枝の眉頭が歪《ゆが》む。

「はあ、佐々木さん、お疲れさまでした。大変ご迷惑をおかけして申し訳ない」

そのメモの内容で、佐々木が頼まれたという用事が何であったのか、瞬時に理解した。時枝が、深い溜息と労《ねぎら》いの言葉と共に深々と佐々木に頭を下げた。

「と、時枝さん、頭、上げて下さいっ」

佐々木が驚き、声を上げた。

「後のことは私が責任を持ちますので、ご心配なく。ったく、あのバカップルは……」

ギッと、時枝が勇一を睨み付けた。

「おいおい、俺を睨むな。一体どうしたっていうんだ、二人とも。そんなに大変なことをさせられたのか、佐々木？」

「…はい…、いや…、用事自体は……」

「佐々木さん、何も言う必要はありません。私が説明しますので。本当にご迷惑おかけしました」

時枝の助け船で、佐々木は命拾いをした。後のことは自分が責任を持つと黒瀬に虚勢を張ってはみたものの、正直なところ、組長に何と報告をすべきかと、頭を抱えていた。ひとまずは助かったと佐々木は安堵した。

「さあ、組長、いつまでここで立ち話するつもりですか？　朝食を食べるんでしょ」

「そうだった。あの二人を起こしてこい。今日こそは一緒に食べるぞ」

その勇一の言葉に、時枝と佐々木が目を合わせる。

「はいはい、行きますよ」

時枝が強引に勇一を引っ張り、出迎え衆の前から勇一を移動させた。

「なぜあの二人は顔を出さない」

「疲れているんじゃないですか？　私と二人の朝食は不服ですか？　だいたい……、はぁ……」

朝食の膳が四人分用意されているが、部屋にいるのは時枝と勇一、それに待機の若い衆が一人。

「だいたい、まだ朝の七時ですよ。ゆっくりシャワーを浴びてから戻ってきたかったのに、組長が急かすから、顔を洗っただけで出てきてしまった。サッパリしたいものですね」

「だったら、この後ゆっくり露天にでも浸かればいい。いつでも湯は張ってある」

「そうさせていただきます」

「二日酔いはどうだ？」

「おかげさまで。薬が効いたようです。このシャツはクリーニングに出してからお返しします。それでいいですね。下着は、いただきますよ。お返ししても失礼でしょうから」

　ニヤッと勇一の口角が上がる。

「ああ、記念に取っておけ」

「記念？」

　二日酔いの記念とでも言うつもりか？　たかが下着一枚でいちいち大げさなヤツだ。

　味噌汁の椀を取りながら、時枝が勇一を呆れ顔で睨む。

　今朝、酷い二日酔いで目覚めてからまだたいして時間は経っていない。二日酔いによると思われる激しい頭痛は薬で楽になったが、その後バタバタとさせられ、身体が怠い。着替える前にシャワーを浴びたかったのだが、目の前の男に腹が減ったから戻るぞと急かされ、洗顔だけに留まった。

本宅に戻れば戻ったで、黒瀬の逃亡を知らされ、二日酔いとは別の頭痛が時枝を襲っていた。

勇一に知らせるのは、ゆっくり湯でも浸かってサッパリしてからの方がいいと、黒瀬と潤の逃亡について口を閉ざし、朝食の箸を進めた。

「ごちそうさまでした。では、湯をお借りします」

「もういいのか？　ゆっくり湯を楽しめよ」

席を立つ時枝を勇一がにやけた顔で見送った。

「おい、俺も入るから、時枝が中に入ったら俺の着替えも脱衣場に用意しといてくれ」

若い者に言いつけると、気持ち悪い薄ら笑いを浮かべ、朝の膳を一人食べ続けた。


『うわっ！　なんだ、これっ!!』

やっと気付いたか、へっ、驚いてやがる。

時枝の後を追い脱衣場に来た勇一が、露天風呂から聞こえてきた時枝の声に、してやったりと意地の悪い笑みを浮かべている。

「勝貴、騒がしいな」

「組長、いきなり入ってこないで下さいっ！　つうか勇一、てめぇ、前ぐらい隠せっ」

手に泡だらけのタオルを持って露天風呂横のシャワースペースで立ち竦《すく》んでいた時枝の前に、勇一が素っ裸でやってきた。手にはタオルを持ってはいるが、それで前を隠すこともなく、堂々としている。

「勝貴も隠してないぞ」

指摘され、慌てて時枝が泡のついたタオルで前を隠す。

「別に減るもんじゃないし、隠す必要もないだろ。だいたい昔は一緒に3Pした仲じゃないか。見慣れてるよ」

「そういう問題じゃない。いきなり入ってきてフリチンとは、どっかの組長は見せびらかしたいのか？　大層なモノをお持ちのようだから」

「はは、自慢じゃないが、女はこれがたまらんらしい。別に真珠は入れてないけどな」

勇一が自分の一物を持ち上げて、時枝に見せた。

「勇一、俺に見せつけたいのか？　アホか」

「アホとは、厳しいな。それより、何を喚いていたんだ？」

その言葉で時枝は自分の身体に起きていた異変にすぐさま意識を戻した。

脚を少し広げ前を隠してあるタオルをずらし、覗き込むとやはり気のせいではなく、ある。

両の太腿の内側に、薔薇の花片が舞ったような鬱血痕。そう、通称キスマークと呼ばれるものが見事に散っている。

勇一の部屋で着替える時も先程脱衣場で裸になる時も、場所が場所なだけに気付かなかった。が、今しがた、身体を洗浄するためにタオルを太腿に滑らせた時、皮膚の色の変化が目に飛び込んできたのだ。

「……何しているっ」

時枝が目を太腿から逸《そ》らすと、床にしゃがみ込んで自分の局部を下から見上げる勇一の顔があった。

「へえ、綺麗に咲いてるな」

「覗くの止めろ、変態っ」

時枝がタオルで勇一の頭部を叩いた。

「っイタ……」

「ま…さか…な……、イヤ、そんなはずはない。ルミか？　そんなサービスは…なかった……。あの部屋にダニがいたとか……？」

「何ブツブツ言ってるんだよ。勝貴、キモイよ」

もう一度、時枝のタオルが勇一の頭部に飛ぶ。

「お前は、どこぞの女子高生か、はん？　キモイとか言うな、組員が泣くぞ。一つ訊くが……」

「なんだ？」

「コレは、お前が原因……か？」

「コレって、このキスマークの嵐のことか？」

「他に何がある」

「ああ、そうだけど」

悪びれたふうもなく、ごく当たり前のことだと言わんばかりに、勇一が肯定した。

「お前、酒が入ると凄いよな。あんな可愛い声で鳴くとは、この長年の付き合いでも知らなかったぜ。つうか、お前、酒強いじゃん。いつも俺が先に潰れるからさ。あんなふうに乱れられたら手が出るっていうの」

実際、酔い潰れた時枝を勇一が好き勝手に弄ったというのが真相だが、その際、時枝は不覚にもある一言を洩らしていた。

『勇一だったら、許すしかない』

酔いとは恐ろしいものだ。

焦がれて止まない人がいながら、それとは別の本心が時枝の口から溢れていた。何があっても切れることは決してない関係だという想いが、酔って悪戯をされている時に、溢れたのだった。

その時枝の一言で、ちょっとキスマークの一つでも、と思っていた勇一の心に火をつけてしまったらしい。

一つ付けた痕が艶めかしく、いつもストイックな男が息を小さく乱れさせるのが面白く、躍起になってしまった。

見慣れてはいるが、間近であまり見ることもない友人の一物が形を変えていく様と雄の匂いに、勇一も興奮を覚えた。

わざと感じさせるように太腿を攻め、時枝が喘ぎ声を出し、中心を硬く勃たせるまで愛撫し、終《しま》いには手淫で射精までさせてしまった。その乱れた姿をおかずに、勇一自身も抜いたのだ。

時枝のシャツは、酒と二人の精液で汚れたというのが、本当のところだった。

「勇一っ！」

時枝が勇一に飛びかかり、床のタイルに押し倒した。殴りかかろうと右手を振り上げたところを、逆に勇一の手に掴まれ、そのまま、体勢を逆にされてしまった。床に時枝、その上に勇一が時枝の両手首を押さえつけ跨《またが》っている。

「悪いが、暴力沙汰は俺の方が一枚上手だぜ。何興奮してる？」

「クソッたれっ。お前は長年の友人にも欲情するのか、この変態っ！」

「おっと、お言葉ですけど、先に欲情したのは勝貴だぜ？」

覚えてないことをいいことに、勇一は自分に都合の良いように言い返す。

「俺は、疲れてたんだっ。酔ってたんだっ。ストレスが溜まってたんだっ！」

「おいおい、それじゃ、酔った勢いでスケこましたヤツが、翌日酔ってたからなかったことにしてくれって言うのと同じじゃないか。相手をしてやった俺が可哀想過ぎる。まさか、勝貴がそんな薄情なことを言わないよな。それともナニか？　桐生組組長、桐生勇一を、一般人のお前が、性欲の捌《は》け口に一晩遊んで捨てるとでも言うつもりか？」

　黒瀬の兄のことはある。論点をどんどん自分の都合の良いようにすり替えてくる。被害者は自分だとでも言いたげな物言いだ。

　いつもなら、気付くであろうこの自己中心的滅茶苦茶な論理の矛盾点に対し、冷静さを失った時枝は、何一つ言い返すことができなかった。

　――しかも、

「……あたってるぞ、おいっ」

　背格好が同じような二人が重なると、当然ソコが触れ合うわけで……

「勝貴のヌルヌルしてる」

　わざと擦り合わせるように、勇一が腰を動かす。

「身体を洗ってたんだから、泡だ！」

「ふ～ん、そうか？　泡だけじゃないと思うけどな」

「止めろっ、動くなっ！」

「何で?」

「アホか、考えろっ!」

「感じちゃう〰〰〰、からだろ。いいじゃん、感じれば。ほら、ほら、ほら」

からかい半分、勇一が腰を振って時枝を煽る。

もう二人の一物はサイズを変えていた。

泡の滑りなのか別の滑りなのか分からないが、勇一の腰の動きに合わせてヌチャヌチャと卑猥な音がたっている。

「勇一、俺の友人を止めたいのかっ」

「親友から、セフレに昇格するのも悪くはないぜ。どうせこの先、あの人以上の女に出会うこともないだろうし。ソープで発散もいいけど、俺は別にお前でも構わないぜ、あぁ、…いい……」

「…誰彼構わず…発情しやがってっ…あっ……」

「お互いさまだろ。安心しろっ、…たまんねぇな…、男で勃ったのは、お前が初めてだっ」

「…くそっ、……あ…、バカッ…そんなにっ……」

雄芯同士を擦り合わせているだけなのに、二人ともあっという間に沸点まで昇りつめた。

「…イこうぜっ…、一緒に……」

時枝の目に、雄そのものの淫欲を隠そうともしない勇一の顔が映る。その馴染みのない表情に、時枝の心臓がキュッと締まる。

「…覚えてろッ…つっ…あぁっ」

「…勝貴っ」

二人ほぼ同時に互いの腹に飛沫を飛ばし、果てた。

「……おい、いつまで上に乗ってる気だ。どけ。重い」

果てたまま、重なった状態で動こうとしない勇一に時枝が痺れを切らした。

互いに放出したものが、糊のようになって皮膚の隙間を埋めている。

「イってすぐのつれない態度は、嫌われるぞ」

「るせぇっ。どけ。せっかく身体を洗ったのに、また汚しやがって、この変態野郎」

ヤレヤレと勇一が身体を離し、時枝より先に起き上がると、シャワーのノズルを掴んだ。

「ほら、優しい俺さまが流してやる。俺は勝貴と違って終わってからもマメなタイプだから」

立ち上がった時枝の腹に向けてシャワーの飛沫を当てた。

「水圧下げろ。痛い」

「はいはい。どこのお嬢だか、このお方は。コレでよろしいで、ございましょうか？」

「組を代表する者が、変な日本語使うな。バカバカしい。て、いうか、お前バカだろ。そうか、バカだ。変態のアホかと思っていたが、バカだ……うん、それなら、納得がいく。バカな勇一が何をしようと、しょうがないからな。そうか、バカなお前に付き合ってやるためには、俺が次元を下げるしかないんだ。そういうことか」

自分に向けられていた文句が、次第にわけの分からない独り言に変わっていく様が、勇一には可笑しくてたまらなかった。

ま、それで勝貴が納得するならいいか。

「二人ともバカということでいいんだろう？　さあ、湯に浸かろうぜ」

違う、バカはお前一人だとブツブツ言う時枝の腕を取り、勇一は強引に露天風呂へ引き摺《ず》り込んだ。

「あ～、朝風呂もいいな。たまには露天もいい」

「普段は使ってないのか？　もったいない」

「リラックスしすぎるだろうが、いつ何時、何があるが分からないのに……。俺だって、武史のことでは、結構ピリピリしてたんだぞ。香港からも色々言ってくるしな。それだけじゃなく、年末は、組同士の小競り合いが起きやすい」

「そりゃ、そうだな」

「今夜は武史たちと鍋でもするとしよう」

　勇一の言葉で、時枝はまだ二人の逃亡を報告してなかったことを思い出した。自分相手に好き勝手した後なら、文句も言えまい。

「そのことだが、残念なお知らせだ」

「残念？」

「武史……社長と市ノ瀬はもうここを出た」

　ピクッと、勇一のこめかみがしなった。

「社長のマンションにいるそうだ」

「どういうことだ？　お前が付いていながら、そんな勝手をさせたのか？」

「おいおい、俺は付いていなかっただろうが。昨日からお前と一緒にいただろ。俺とお前が留守にしたんでこれ幸いにと、逃げ出したんだろ。お前だって、佐々木さんが社長に用事を頼まれたことは知ってたんだろ？　そこで気付けよ。佐々木さんも可哀想にな。指を眺めて一晩眠れなかったんじゃないのか？」

「それ、どういう意味だ。俺が佐々木に指詰めろと言うってことか。それこそ、バカげてる。佐々木ごときじゃ、武史の頼みは断れまい。……情けないが、俺でも無理かもな。それこそ、あいつに意見できるのは勝貴ぐらいだ。今は市ノ瀬もか……」

　勇一は湯を掬《すく》い、バシャッと自分の顔にかける。

「武史は、やはりここが嫌いなんだな。俺の代になっても、それは変わらないのか」

「そりゃ、そうだろ。桐生で体験したことを思えば、当然だ。しかも、あの小屋がまだあるし」

「……あの時も、気付いたのは俺じゃなくて、お前だった……。情けない兄だ」

「分かっているなら、社長をここに呼びつけるな。お前が会いに行けばいいんだ。俺の仕事と気苦労が増える」

もう一度、顔に湯をかける。

「一応一般人の武史のところに、暴力団関係者が出入りしてたら、目立つだろうが。これでも気を遣ってるんだ。今回は、市ノ瀬を見定めたかったし……あ〜あ、もっと武史の顔を眺めたかったな……」

「ふん、結局そこじゃないか。このブラコンが。ということで、俺も向こうに戻る。買い物も頼まれているし」

「お前だって、あの二人からしたら、お邪魔虫だろうが。向こうの用事が済んだら、年始まで俺に付き合え、な、せっかく、セフレに昇格したんだし、楽しもうぜ」

勇一の手が時枝の顎に伸びる。

「何するんだ?」

「そりゃ、お前……」

勇一が時枝の唇を奪った。

バシッと鋭い音が露天風呂に響く。

「勇一っ！　バカも大概にしとけ！」

「ってぇなぁ。俺に手を上げるとは見上げた根性だ」

「何が、セフレに昇格だ！　そりゃ、降格っていうんだっ」

キスをされた恥ずかしさなのか、それとも怒りなのか。真っ赤な顔で時枝は勇一を怒鳴りつけ、そのまま湯船から飛び出し脱衣場へと消えた。

「おうおう、照れちゃって。勝貴も案外可愛いよな…」

ニヤニヤしながら、その後ろ姿を桐生組組長でブラコンの勇一が見送った。


「待ちくたびれたよ」

やっと来たかとガウン姿の黒瀬が時枝を出迎えた。

ベッドから起き上がれずにいるのか潤の姿はない。

「はい、頼まれた物です。日本に戻って早々、薬局とアダルトショップに行かされるとは、思いませんでしたよ。しかも、午前中から」

渡された手提げ袋大小の中身を黒瀬が確認する。

「全部あるね。よし」

目を細める黒瀬の横で時枝がウンザリした表情を浮かべている。

「他におっしゃりたいことはないのですか？　人に迷惑をかけて」

「誰に迷惑かけた？」

「佐々木さんに決まっているでしょ」

「あ、無事か？　生きてる？」

「当たり前です」

「ふうん、なら別に問題ないじゃない。だいたい、佐々木に迷惑をかけたのは俺じゃなく時枝だよ。俺に断りもなく勝手にいなくなるから、頼む相手が佐々木になっただけじゃないか。ちゃんと謝っておいた方がいいんじゃない？」

勇一といい、この男といい、論点をすり替えさせたら、右に出る者はいないんじゃないのか？　血は半分しか繋がってない兄弟なのに、扱いづらいところだけ、何でこうも似ているんだ？　桐生のＤＮＡなのだろうか？

「はいはい、私が悪いのですね。佐々木さんには土下座をしておきます」

きつい口調で返答した時枝の口から、いつもの深い溜息が漏れる。

「はぁ……」

「幸せが逃げるよ」

「いいんです。逃げて困るような幸せは当分私には縁がなさそうですから」

「ふうん、その割には、今日は何だか艶っぽいけどね」

見てないようで観察眼の鋭い黒瀬は、いつもと同じような小言を述べる時枝のわずかな変化も見逃さない。

瞬間、時枝の黒目が泳いだ。

脳裏に勇一との情事が浮かび表情が崩れそうだったが、そこはグッと我慢して、仮面を被る。

「何をバカなことを。他に用事がないのなら、一旦自室に戻ります。荷物の整理もしたいですし」

時枝もこのマンションに部屋を所有している。黒瀬の部屋の一階下のフロアーだが、黒瀬と違って階全部を占有しているわけではない。階の半分が、時枝個人の部屋で、残りの部屋が表向き社長室分室として、裏の仕事（盗品売買）の事務所となっていた。

「悪いが、食事の用意を頼む。潤も俺も腹ぺこなんだ」

「承知しました。食材は揃ってますか？」

「いや、留守にしてたから冷凍ものしかない」

「では、持ってこさせましょう。用意ができたらお呼びします。寝室ですよね？」

「よろしく」

では、と時枝はキッチンへ向かい、黒瀬は時枝から渡された大小の紙袋を持ち、潤の待つ寝室へと向かった。

「時枝さん来たの？」

「食事の用意を頼んだから」

「俺も、少しなら作れるけど…」

イギリスにいた時とは事情が違うので、自分たちの食事を時枝に用意させることに、心苦しいような抵抗感が潤にはあった。その中には、何事も完璧にこなす時枝への羨望と軽い嫉妬も含まれていた。

「じゃあ、潤が起きても大丈夫になったら、何か作ってもらおうかな？　一緒に作るのも楽しそうだし」

黒瀬と一緒にキッチンに立つ姿を想像して、潤の心が躍る。黒瀬は黒瀬で、裸の潤がエプロンだけを着けて調理する姿を想像して、『悪くない』と口元を綻《ほころ》ばせていた。

「その荷物なに？」

潤の声で黒瀬は現実に戻った。

「ふふ、気になる？　大きいのはね、ドーナツ型のクッション。小さいのは薬とその他諸々」

「その他諸々ってなんだよ」

「内緒。それより、薬を塗ろう。続けて無茶し過ぎたから。もう、年内は挿《い》れるのなしだからね」

昨日本宅の離れで想いを通じ合ってから、初めての結合を血と痛みを伴う方法で営んだ潤と黒瀬。その後大人しくしていればよかったのだが、この黒瀬のマンションに着いた後も、さらに傷口を広げるような行為に明け暮れていた二人だった。さすがに、挿入まではするつもりのなかった黒瀬だったが、激痛で動けないはずの潤が「して」と何度もねだるものだから、最後には根負け、いや欲望負けして、挿れてしまったのだ。

「…何でだよ……」

潤の表情が曇る。

「これ以上すると、病院行きになるよ？　他人に見せたいの？」

「…それは嫌だけど……」

「それに、下のお口には挿れないけど、こっちには挿れることできるし、ね？」

黒瀬の人差し指が、潤の唇に触れた。

「ここは嫌かい？」

潤が首を振って答えた。

「良かった。全身が愛を確かめる道具になるし、凶器にもなるから」

「なんだよ、凶器って」

「イギリス滞在中は、私の身体は、いや存在自体が潤には凶器だっただろう？」

黒瀬は、自分をまだ責めているのだろうか？

潤は黒瀬の心の内を思い、切なくなった。

確かに、褒められた行為は一切なかった。だが今の潤にはそれが黒瀬の愛の形だったと痛いほどよく分かる。そのことを後悔してほしくはない。あの卑劣な行為のおかげで、自分は救われたと十分実感している。あの時は時枝に諭された形だったが、今思えば、心の片隅ではちゃんと潤にも分かっていたのだ。それを認めるのが怖かっただけで。

「偽物の凶器だった……初めから愛を確かめる道具だったんだよっ、黒瀬、自分を悪く言うなっ」

潤の中で、イギリス滞在中のことが駆け巡り、感情が昂ぶる。

「潤……泣かないで」

黒瀬がチュッとキスを潤の額に落とし、興奮のあまり流れ落ちた涙を頬に移動した黒瀬の舌が掬い取る。

「へへ、ゴメン。ちょっと、変だな俺。嬉しくても情緒不安定になるのかな。あ、そういえば、凶器といえば最初の機内のアレは凶器以外の何物でもなかったぞ？　黒瀬の左手。うん、あれだけは本物だ。でも、その後は違うから、悲しいこと言うなよ」

「ふふ、ありがとう。あの後、潤に叩かれて心が痺れたよ。この凶器はその時封印されたのかもしれないね」

黒瀬が自分の左手を見つめた。

黒瀬にしてみれば、最初の悪戯心が、まさかこんなふうに人を愛することに繋がるとは、思ってもいなかった。いつもの退屈しのぎのはずだった。それが自分より大事な存在を手に入れることに繋がったことに、感慨深いものがある。

「さあ、薬を塗ろう」

横たわる潤から布団を剥ぐ。

本宅から裸に毛布で連れてこられた潤は、その後今に至るまで裸だ。むき出しの腰下にドーナツ型クッションを敷く。腰を少し浮かせた状態にし、黒瀬が潤の脚をゆっくりと割る。

自分が後悔すると潤が傷つくことは黒瀬にも分かっている。しかし、この真っ赤な花弁が散ったような裂傷を見ると、目を背けたくなるぐらい酷い。痛々しいなんていう生半可なものじゃない。催淫剤を使用したわけではない行為で、恐ろしい激痛が潤を襲っていたことは間違いない。痛みのなか、萎《な》えなかった潤を思うと、潤の自分への思慕の深さを感じる。傷の深さが潤の想いの深さなのかもしれない。潤が自分に向ける愛情の強さに、黒瀬は思わず涙が溢れそうになる。もちろん、そこはグッと我慢して、塗布を始めた。

「染みる？」

「ううん、大丈夫」

言葉とは裏腹に、黒瀬の薬の付いた指が傷を触る度に、潤の手がシーツをギュッと掴む。

「内にも塗るからね」

指にたっぷりのジェル状の薬を付け、ゆっくりと挿入する。優しく、内壁にジェルを塗り込めるように黒瀬が指を動かすものだから、痛みとは別に甘い疼きが生まれ、潤から声が洩れた。

「黒瀬、ヤバいよ……。早く終わらせて」

「薬を塗っているだけなのに。やはり医者には連れていけないね」

「バカ、黒瀬だからだよ……。黒瀬の指だから反応するんだ」

だよな？　違ってたら自分が許せないから、黒瀬以外には絶対触らせないぞ、と密かに決意をする。

「あれだけイったのに、まだ勃つなんて、潤のは凄いね。収めてあげるから」

薬を塗布し終わった黒瀬が指を潤の中から抜くと、潤の中心に手を添え、そのまま口に含んだ。

「…黒瀬っ…、駄目だって…。俺ばっかり…あぁ…ん…、…あっ…、気持ちいい……」

——温かい……

性器を黒瀬の舌が這い、巧みに追い上げられていく。口内の温もりが、自分を思う黒瀬の心の温度のような気がして、欲望と共に心が満たされていく。同時に、奉仕させてしまっているような、罪悪感にも見舞われる。

俺も、早く黒瀬ぐらい上手くならないと……

英語の『Make Love』という文字が快感の波間を泳いでいる潤の頭に浮かぶ。

一方的にしてもらうばかりじゃなくて、黒瀬にも悦んでもらえるよう俺もちゃんと学習しよう……

黒瀬が知ったら嬉しくて卒倒しそうなことを、口淫で喘がされながら、潤は真面目に考えていた。


「社長、食事の用意が整いました」

寝室の外から時枝が知らせる。

「今行く」

まさか裸のまま潤を食卓に着かせるわけにもいかず、潤にガウンを羽織らせる。

「ふふ、可愛い」

自分のガウンは潤にはサイズが大きいので、子どもが大人のシャツを身にまとったみたいなダブダブ感がある。それが黒瀬の目には可愛いと映る。

「だから、俺は男だって。可愛いはないと思うぞ？　そんなこと時枝さんの前で言うなよ。バカにされたら嫌だからな」

はいはいと軽く流し、黒瀬は潤を抱き上げる。そのまま寝室を出て、ダイニングルームへ向かった。

「時枝、悪いけど、寝室からクッション持ってきて」

抱きかかえられた潤と黒瀬の顔を交互に見た時枝がヤレヤレと寝室に向かった。

「時枝さん、機嫌悪そう……」

「気のせいだよ。というか、機嫌の良い時枝を潤は知ってるの？　見たことある？」

そう言われてみれば、ない。

笑顔の素敵な時枝さん！　というイメージはない。

想像しかけてブルッと悪寒が走った。

似合わない。笑顔が似合わない。

人を小バカにしたような笑いは時枝そのもので似合うが、楽しくて嬉しくて朗らかな機嫌の良い時枝の顔は想像できなかった。

「…ない…かも」

「だろ？　機嫌が悪いのが普通だから。機嫌の良い時枝を知っているのは兄さんぐらいじゃない。あの二人の付き合いは古いから」

「組長さん？　仲いいんだ。同席した時はえらく他人行儀だったけど」

「一応、お互いの立場はわきまえているようだけど。プライベートでは友人だから」

「へえ、大人の世界だ」

まだ大学生の潤には、その辺がよく分からない。

本音と建前の使い分けができて社会人なんだろうなと思う。普通の会社でもそれは必要なのだろうが、ヤクザの世界や、黒瀬の裏の部分では最も要求されることなのかもしれない。

そんな器用なことが自分にもできるだろうか？

感情のまま突っ走る傾向にあると潤は自分でも自覚していた。

「潤はこのままでいいんだよ」

黒瀬が潤の頭を覗いたようなことを口にする。

「うん。でも、少しは大人にならないとな……。黒瀬の横にずっといたいから。勉強も……色々頑張る」

仕事面でも力になれる人間に成長したいし、性的な部分も頑張って黒瀬に悦《よろこ》んでもらえる自分でありたいと思う。そんなことを思っていたら、頬が赤くなった。

「潤、顔が赤い。何考えてたの？」

指摘され、ますます赤くなる。

別に何にも…と言い掛けた時、寝室から時枝の声が轟いた。

「何なんですかっ、これは‼」

時枝が右脇にドーナツ型クッションを抱え、左手でシーツを掴み、それを引き摺りながら恐ろしい形相でやってきた。

「あなたたち、一体何をしていたんですか？」

手に持っていたシーツを二人の前に突き出した。

「何って、そんなの決まっているだろ。恋人同士の甘い営みだよ。今更訊くなんて、時枝、頭がおかしくなった？」

クッションを椅子に乱暴に置いた時枝が、両手でシーツをパッと広げてみせる。

「あなたたち、もう恋人同士なんですよね⁉　なのに、また強姦でもしたんですか？どうしたら、こんな夥《おびただ》しい血痕が残るんですか？　シーツだけじゃなくて、その下のベッドパッドにまで染みてますよ。一体、何をしたんです！」

寝室にクッションを取りにいった時枝が目にした物は、まだ茶に変色しきれてない赤黒い血痕が飛び散ったシーツだった。点々としたわずかなものではなく、明らかに血が流れ落ちたと物語っている。

ドーナツ型クッションと薬、とメモにあった段階で、『犯《ヤ》りすぎで切れたな』とは思っていた。が、黒瀬が初めて潤をレイプした時より酷い有様に、時枝は卒倒しそうになった。

別に血に慣れてないわけではない。

ヤクザや裏社会に関係して生きている男だ。

しかし恋人同士の寝室で、多量の血痕が付着したシーツを目にするとは想定してなかった。

「何って言われてもねぇ」

悪びれたふうもなく、黒瀬が腕の中の潤に甘い視線を送る。それに応えるように、潤も黒瀬を見つめる。

その甘いムードが、時枝の神経を逆撫でた。

何なんだ、この二人は。これだけ血を流して、なに、ハートマークまき散らしてるんだ！

プレイか？

恋人同士になったとたん、今度は過激なプレイに興じているっていうのか？

「私に生理が始まったとおっしゃいましたが、市ノ瀬さまに初潮が訪れたとか？　強姦でもなくて、生理でもないのなら、こんなに大量の血がシーツに付着するはずないでしょ！」

はぁ、はぁ、と息切れさせながら、時枝が一気に捲《まく》し立てた。

「酷いな、時枝さん。あまり、そう血、血言うなよ。黒瀬が気にするだろ？　俺がせがんだ結果なんだよ。解されるの、待てなかったの」

「だからといって、限度ってものがあるでしょ！」

「うん、だから、もうこれからはちゃんとするから。落ち着いてよ。でも、時枝さんもわけ分かんね」

「は？」

「だってそうだろ？　レイプの手伝いするような人間が、たかがシーツに付いた血ぐらいで目くじらたてなくても……、な、黒瀬、そう思わね？　流した俺が何とも思ってないのに」

俺だって嫌味の一つぐらいは返せるんだ、と潤は時枝に自ら応戦した。

「ふふ、そうだね。時枝もそのうち血を流すようなセックスを経験するかもしれないし、まあその時になれば潤の気持ちも分かるかもしれないね。男には興味ないらしいけど、意外と雄花として、誰かに興味持たれてるかもしれないし。案外身近にいたりして」

「え、そうなの？」

潤が目を輝かせる。

自分の恋愛には疎かったが、他人の恋愛話には興味がある。しかも、この時枝の相手となると、その度合いが強まった。

「バカなことを言わないで下さい！　そんなアホな人間がいるはずないでしょ。第一私は……」

「ババコンだったね。ごめんごめん、忘れていたよ」

時枝が、それ以上何も言うなと黒瀬をギッと睨みつけた。

「ババコン？」

潤がキョトンとしているが、それ以上二人は続ける気はなさそうだ。

「時枝が勝手に興奮するから、料理が冷めてしまいそうだ。食事にしよう」

黒瀬が潤をクッションの置かれた椅子に降ろす。

「時枝、せっかくシーツ剥いだのだから、それ洗濯頼むね。クリーニングに出すと通報されそうだし」

「え、俺が洗うよ？」

自分たちが汚したものの始末を頼むのは嫌だった。

「潤は、まず身体だろ？　傷が治って痛みが取れたら、その時は頼むよ」

「はぁ、普通の生活に支障をきたすセックスをする恋人たちが一体どこにいるっていうのですか……」

このバカップルが……と時枝は心の中で続けた。

「あっ」

突然、時枝が叫び声を上げた。

「あなたたち、まさか、本宅の離れの寝具も血だらけってことは……ないですよね？」

「あるよ。そこまで酷くはないと思うけど。そのままにしてきたから」

平然と黒瀬が答えた。

組員の誰かが目にしたかと思うと、時枝を偏頭痛が襲った。離れの状態をチェックしてから本宅を離れるんだった。処女を連れ込んで悪戯したような痕跡を見て、問題にならなければいいが……

「顔色が悪いよ。食事が終わったら呼ぶ。自分の部屋に下がってていい」

「分かりました。ごゆっくりどうぞ。その間にベッドパッドを替え、新しいシーツを敷いて、コレを洗濯しておきます」

グシャグシャにシーツを丸め、時枝は二人の前から去っていった。

「黒瀬、何で時枝さんあんなに怒っていたのか理解できる?」

「さあね。情緒不安定な乙女の心理じゃない?　シーツに血ぐらいで変なヤツだ。気にしなくていいから、食べよう」

短時間で作ったとは思えない彩り豊かな料理を潤と黒瀬はゆっくりと堪能した。


食事を終えた潤が椅子に座ったままで何やらモジモジしている。

「どうした?」

「あのな、食べてすぐで悪いんだけどトイレに行きたい……昨日から行ってない」

「オシッコ?」

催しているのは尿意だけだが、よくよく考えたら、二十五日にイギリスを経ってからこの三日間排泄をしていない。

飛行中はトイレでゆっくり用を足すような精神状態ではなかったし、日本に着いてからも本宅の離れの露天風呂で寝てしまい、トイレには行っていない。朝から血を流しながらのハードな結合をしてしまい、それから今日の朝まで、同じような結合三昧で、潤は身体に溜め込んでいる状態だ。しかも、今は裂傷が酷くて、尿意は起きても便意は全く感じない。

「うん」

「だけじゃ、ないよね。潤、私が気付いてないと思う？　してないよね？」

ヤバい、これはどこかで経験した流れと同じじゃないのか？

まさか…、そんなことは…しない……よな……

「……」

「もう用意してあるから。心配しないで」

用意？　何のだよっ。

「潤はコーヒーとイチジクとスペシャル、どれが好き？」

「食後のデザートの話じゃない……よな。スペシャルってなんだ？」

それって、あの種類だろ。

「選んだら教えてあげる」

「何だか分からないのに、選べない……」

とぼけてやる…恥ずかしい……

「じゃあ、私が選ぶから。ふふ、せっかくだからスペシャルにしようね」

「そんなことより、トイレ。漏れる……」

連れていってくれよと、潤が腕を投げ出した。黒瀬が席を立ち、潤を抱き上げる。

「そろっとな。振動で漏れそうだ」

「そこまで我慢してたの？　膀胱炎になるよ」

「食事中にトイレに立つのは行儀悪いだろ」

そうだねと頷いた黒瀬が、足早に、しかし潤の身体を揺らさないよう気を遣いながら運ぶ。

「え、トイレ個室じゃないの？」

運ばれた先は、広いバスルームだった。

ますますヤバい感じになってきた。大きな円形のバスタブが中央に見える。バスルーム入口から左手すぐに洋式トイレが設置してある。その隣がシャワースペースとなっている。脱衣場と浴室の区切りのみで、トイレとシャワーとバスタブは同じ空間内だ。

「個室のトイレもあるけど、ここはもともと外国人向けの設計だから、バスルームにもトイレが付いてるんだよ」

「黒瀬、分かっていると思うけど、俺がしたいのオシッコだから」

もちろん分かっているよと、黒瀬が潤を便器の前に立たせる。踏ん張って立てない潤の背中に自分が支えになるように、黒瀬が陣どる。

「あの、黒瀬……、したいんだけど、まさかそこにずっといる気？」

「一人で立てない子が何言ってるの？　当たり前だろ、潤」

そんな……。

先端から精液を飛ばすところは何度も見られている潤だったが、排尿シーンを黒瀬に晒すと思うだけで尿意が止まりそうだ。

「見られると出ないよ……」

素直に潤が口にする。

「大丈夫、ちゃんと手伝うから」

何をだよっ！

「さ、しなさい」

だから、退《ど》いてくれよ。

そしたら、便器に座ってするから……

したいの出せなくて、膀胱がもう本当に限界だった。

用を足す準備すらしない潤に代わって、黒瀬の手がガウンの前を割って入る。潤の中心をガウンから取り出し、便器に向けた。

「出しなさい、潤」

「…出ないよ……」

「出さないと、ここに管入れるよ？　それでもいい？　痛いよ」

先端の穴を指で押さえながら怖いことを言う。

想像しただけで、身体に震えが走った。その瞬間を見逃さないように、黒瀬の片手が下腹を押し、さらに性器を持った手が排尿を促すように穴を刺激した。

「あっ」

下腹の筋肉が弛緩し、黒瀬の指を潤の尿が濡らした。

「いいから、最後まで出しなさい。温かいね、潤のオシッコ」

黒瀬にかけるなんて、なんてことしてしまったんだろう……。

現実逃避したい心境で、潤は自分の体内から迸《ほとばし》る尿を見つめていた。

「全部出た？　もういい？」

丁寧に黒瀬が潤の中心を振る。そして雫がないのを確認してから、ガウンの中に収めた。

「黒瀬…手…、洗えよ。汚いから…」

「何言ってるの？　尿は汚くないよ。成分的にも。飲めるくらいだから」

「うわっ、バカッ、止めろっ！」

黒瀬が潤の尿で濡れた指を自分の口に持っていき、舌で舐め取った。

「ふふ、ごちそうさま」

驚愕で固まった潤を横目に黒瀬が満足そうに微笑みを浮かべる。

「…信じ…られない……」

「何が？　潤も潤の身体も、潤から排出されるものも、全て私には愛しいよ……ね、潤は違うの？」

「……違わない……と、思う。ねえ、俺も舐めてみたい……黒瀬……、ここでしろよ。出るだろ？」

そうだよ、俺ばかり一方的に恥ずかしいんじゃあ、不公平だよ。黒瀬が俺の排尿見たんだから、俺も見たいし、味知りたい。俺だって、それぐらいできる。黒瀬に負けないぐらい、全部が好きだ。

「出ないこともないけど……、だったら……どうせなら、潤のために出したいな」

俺のためにオシッコって何だ、それ？

少し待っててと、黒瀬が潤を便座に座らせ、バスルームを出ていった。そして、寝室に置いたままだった、薬と何やらが入っていた袋を提げて戻ってきた。その袋を潤の足下に置くと、潤を向き合う形に抱き上げ、便座を椅子代わりに腰を下ろす。

「潤、もし嫌だったら、ノーって言っていいから話を聞いて。潤が嫌なことはしないから。その時は買ってきてもらったものがあるし……」

「何だよ？」

「潤は私のオシッコ、汚いと思わない？」

「だから、言ったじゃん。舐めてみたいって。汚いって思うならそんなこと言わない」

「嬉しい。だったら、別に上の口じゃなくてもいいよね？」

口じゃなかったら、味わかんないだろ？

「どういうこと？」

「潤の中に出したい。下の口にってこと。コーヒーやイチジクやスペシャルの代わりってこと。私の放出したもので排泄を促すの……嫌？　気持ち悪い？　怖い？」

黒瀬の言葉の意味が、最初よく分からなかった。

即答せずに、ゆっくり考える。

それは……、黒瀬が俺の中にオシッコするってことで、それが浣腸だということ？つまり、黒瀬の体内から出されたものを使って俺の中のものを出して綺麗にするってことだよな？

何を使われようと辛いのは注入された後だから、逆にその前は何でも同じだ。いや、違う。薬品を使われるより、黒瀬の体液の方がいい。むしろ、嬉しい……。

黒瀬の身体から出たものが、俺の中に入る。そして、俺のと一緒に出るってことだよな？　循環？

よく分からないけど、凄い特別なことだ。

繋がりが深いってことだろ？　こういうのって？

そこまで思ってくれているってことだよな？

胸が熱くなる。知らず知らずのうちに涙目になっていた。その目で黒瀬を見つめた。

「潤、ごめん。そんなに嫌だった。気持ち悪いよね。ごめんね。忘れて」

「違う！　嬉しいんだ。しろよ。それして」

心が通じ合ってない者同士なら、ただのＳＭプレイかもしれない。そんな提案されたら、自分を便器扱いするのかと憤慨するだろう。しかし、潤にはそういう考えが一切浮かばなかった。なぜなら潤を闇の淵から救いあげたのは黒瀬で、その黒瀬に潤は愛情と共に深い信頼を寄せていた。

「本当にいいの？」

潤が頷く。

涙を流すほど辛い提案だったのかと思った黒瀬に、潤の回答は真逆で、今度は黒瀬の胸に込み上げてくるものがある。

潤が舐めたいと申し出た時、なぜか閃《ひらめ》いたことだった。もちろん内容が内容なだけに拒絶されても構わなかったが、やはり嬉しい。それは自分と潤の想いの深さが一致するということなのだから。

「どうせ薬剤使うなら、黒瀬のがいい。でも、どうやって？」

「全部私がしてあげるから、潤は心配しなくていいよ」

潤を抱えたまま、黒瀬が立ち上がり、潤だけを便座に戻した。

「準備するから」

黒瀬がバスタオルを数枚持って来て、バスルームの床に広げた。そしてバスタブのリモコンを操作して、湯を張る設定をした。

「移動しよう」

潤を抱き上げ、バスタオルの上にゆっくり降ろす。潤の上半身を倒し、ガウンの裾を捲りあげた。便器の下に置いてあった袋をバスタオルの近くに持ってくると、潤の脚をM字に開いた。

これから始まろうとしていることに、潤の鼓動が速くなる。羞恥心と不安、喜びと期待が入り交じり、心臓のドキドキという音が聞こえてきそうな勢いだ。

「酷い状態だから、もちろん挿入はしないけど、少しお口を開かせないとね」

袋から、先程使った薬を取り出し、また塗る。薬を潤滑油代わりに、潤の蕾にタップリと塗り込めると、指を一本差し込んだ。

「……ぁあっ」

差し込んだ指を前後に動かすので、潤の身体に痛みと甘い疼きが同時に走る。

「感じちゃった？」

「……バカッ……あ、ん」

潤の蕾が指に馴染み、口を開いたところで、指を抜いた。

「じゃあ、するよ」

潤のわずかに開いた穴を確認してから、黒瀬がガウンの下から、自分の一物を取り出すと、潤の穴に尿道口が合わさるよう亀頭を押しつけた。

「今なら、止められるよ？」

「バカなこと言うなよ！　さっさとしろよ。……早くっ」

「潤、好きだよ」

黒瀬が潤を見つめ、潤が黒瀬を見上げ、お互いの視線を絡めたままの状態で、黒瀬が潤の中に尿を放出し始めた。

「…あぁ…、温かいよ…、黒瀬……」

温かい液体が、潤の中に流れ込んでくる。

染みると予想していたが、内壁に薬が薄い壁を作っているのか、染みることはなかった。ドクドクと注ぎ込まれる黒瀬から溢れるもので、自分の中が満たされていく。それに対する嫌悪感は一切生まれず、黒瀬のものを受け入れているという悦びばかりが湧き上がってくる。これが、浣腸だということすら、忘れてしまいそうになる。普通のセックスよりも繋がりの深い尊い行為のように思えてくる。

「全て潤の中に入ったから」

恍惚の表情を浮かべる潤に黒瀬が出しきったことを告げ、袋からアナルプラグを取り出し、差し込んだ。

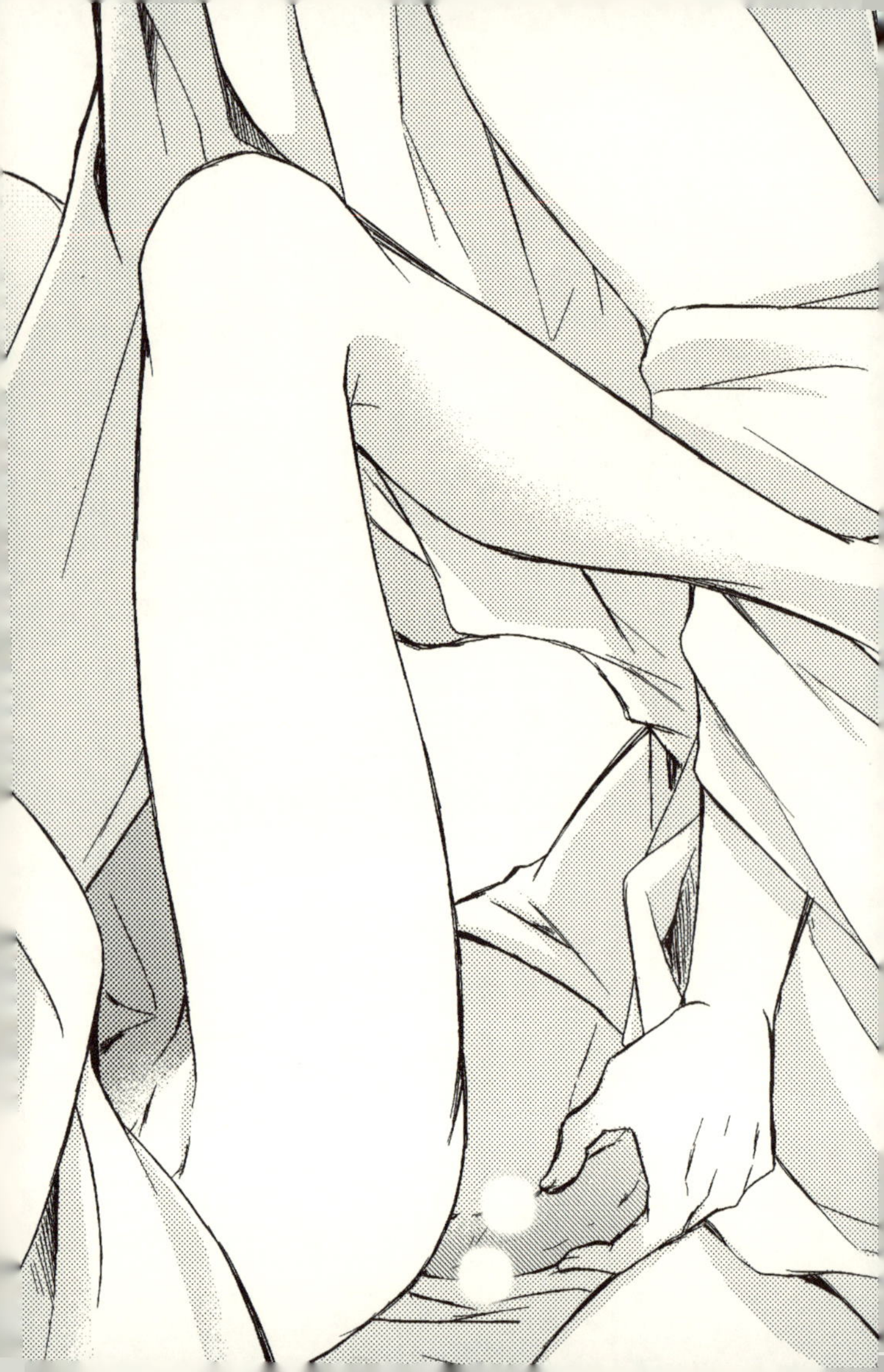

「ここからが、潤には辛いね」

少しは楽になるようにと、潤の身体を右側が下になるように横にし、脚を『く』の字に曲げさせた。

アナルプラグが抜けないように、黒瀬が自分の右手をプラグの上に置き、そのまま、潤の横に添い寝をするように身体をずらした。

「……しがみついててもいい？」

「いいよ」

「……ありがとう……」

黒瀬の胸に身体を密着させ、そのまま黒瀬のガウンにしがみついた。

嫌というほど経験した浣腸液による辛さも、今回は違った。体内で、排泄を促そうと働いているのが、黒瀬の身体から放出されたものだと思うと、耐えなければと思う。

グルグルと腹の中が蠢《うごめ》き始め、体中の汗腺から冷たい汗が湧いてくる。お互いの排泄物同士が混じり合っているのかと思うと、その苦しみさえも、嬉しかった。

「まだ、我慢できる？」

「……うん……」

ギリギリまで、本当に限界まで、自分の中に留めておきたかった。キュルキュルと、恥ずかしい音が鳴り始め、もう終わりも近づいていた。最後は呼吸をするのが苦しいほど辛く、黒瀬のガウンを掴む指先が力の入れすぎで白くなっていた。

「もう、出さないとね」

限界のはずの潤がそれを口にしないので、黒瀬が終わりを告げた。

小刻みに震える潤を黒瀬が壊れ物を扱うように優しく抱き上げ、そして便座へと運ぶ。潤を降ろすと、すぐに前から手を持っていき、プラグを抜いた。

「潤、力を抜きなさい」

そう告げると、イギリスのアパートメントホテル滞在時同様、黒瀬が潤の頭を胸に抱え込んだ。あの時とは違って、潤が「一人がいい、出ていけ」と叫ぶことはなかった。むしろ、潤は二人でこの排泄を完結させたかった。どんな匂いが立ちこめようと、どんな音がしようと、どんな物が排出されようと、それは自分一人のものではない。自分と黒瀬のものだから、多少の羞恥はあっても、それから逃げるのは違うと思った。

これが、普通に浣腸を施されたのなら、排泄行為を黒瀬に見られるのは耐えられないと、羞恥が潤を襲ったかもしれない。排尿すら、抵抗があったのだから。でも、これはもうただの排泄行為ではなかった。

プラグを抜かれても我慢してしまったのは、それを見られたくないというよりは、黒瀬の手を汚したくはないという意識が働いてのことだった。

「…大丈夫…だから……、キスして……」

切羽詰まった状態の潤が苦悶《くもん》の表情で、キスをせがんだ。黒瀬が腰を落とし、それに応える。

震える潤の唇に黒瀬の唇が重なる。黒瀬の熱を感じた瞬間、ブルッとからだが大きく震え、溜め込んでいたものが、潤の体内から一気に外に出た。

その間中、黒瀬が潤の口内を優しく甘く蹂躙していた。身体が苦痛から解放されると同時に、潤はなんとなく寂しい気がしていた。あっという間に全てを出しきり、もう何も出なくなっても、二人は唇の重なりをしばらくは解かなかった。

黒瀬が顔を離すと、潤の顔には涙の筋ができていた。

「辛かった？」

「ううん、なんか感動した……」

「私も。潤と深く繋がった気がする」

「なあ、黒瀬、俺たち変態なのかな？　こんなこと、普通は感動しないよな……。普通、思いつきもしないだろ？　あれ、思いついたの黒瀬だから、俺たちじゃなくて、黒瀬一人が変態？」

「潤限定の変態かもね。時枝には内緒にしとこうね。薬買いに走らせたのに、使用してないと言うと文句を言われそうだから。それに、また『何やってるんですか！』ってヒス起こしそうじゃない？」

「この感動は、時枝さんにはたぶん理解できないと思う」

「頭、硬いからね」

　命令とはいえ、レイプの手伝いをするような人間の頭のどこが硬いのかは、甚《はなは》だ疑問ではあるが、この二人からしてみれば、時枝は堅物の部類に入っていた。

「なあ、スペシャルって何だった？」

「興味あるの？」

「だって、思いつかないからさ……」

　黒瀬が袋の中から、変な形のものを取り出した。

「可愛いだろ？　中は普通にグリセリンだけど、形がね。これ、円盤だから。ＵＦＯだよ」

　丸い饅頭のような容器に管が長く伸びている。こんなものに、可愛いも何もないと思うのだが……。

「わざわざ三種類指定して買ってきてもらったとか？」

「違うよ。エネマってメモに書いてたら、時枝が勝手にアレコレ買ってきただけ。時枝の趣味じゃない？」

　潤にはいまいち時枝という人間がよく分からなかった。もしかしたら、お茶目な面もあるのかもしれないと、ふとこのＵＦＯ型の浣腸薬を見て思った。

「お湯も沸いたし、シャワーを浴びてお湯に浸かろう」

リモコンで設定していたバスタブの湯が、ちょうど良い具合だ。

黒瀬が便座に座ったままの潤のガウンを脱がせた。自分も裸になると、潤を抱き上げシャワーの前に移動した。ゆっくりと潤を床に降ろし、潤の腰に負担をかけないよう四つん這いにすると、洗浄を始めた。

「そこ長いよ……」

「ここを一番清潔にしとかないとね。雑菌がわくと傷によくないから」

潤の中心と排泄したばかりの蕾を、泡のついた黒瀬の指がとても繊細なタッチで洗いあげる。気を抜くと勃起しそうなくらい、気持ちがよかった。

もちろん、そこだけじゃなく、足の指先から頭部まで、余すところなく丁寧に磨き上げられる。

ここまでしてもらっていいんだろうか？

潤がどこかの国の王子がなにかで、黒瀬が身の回りの世話するお付きの者のようで、申し訳なさで一杯になる。

「黒瀬、ありがとう」

「どういたしまして。潤を洗うの楽しいから、礼なんていらないよ」

「うん、でもありがとう」

本当に黒瀬は楽しそうだった。

普段の生活では人にしてもらうことの多い黒瀬だったが、潤に関してだけは自分がしてあげたいと思うのだ。そういう感情が潤と知り合うまで黒瀬には欠けていた。他人に尽くす歓びを潤を通して初めて経験していた。

洗い終わった潤を先にバスタブに入れ、自分の身体を洗浄・洗髪し、それから潤の横に黒瀬も浸かった。

「湯加減どう？」

「ちょうどいい。あまり熱くないから、染みないみたい。それにしても、凄いよね、この風呂。ラブホテルみたい」

潤の言葉に、黒瀬のこめかみがわずかに動いた。

「潤、ラブホテル行くんだ……ふうん……」

黒瀬の声のトーンがおかしい。

「黒瀬？　あの、俺二十歳を過ぎてるぞ。女の子にもてるタイプじゃないけど、それなりには……」

経験がある、と言おうとして潤は口をつぐんだ。黒瀬の顔が無表情で、切れ長の目が冷たい光を放っていた。

「黒瀬だって、大人なんだから、俺以上に色々あるだろ。…上手いし……、それって経験が豊富だってことじゃないの？」

「ラブホテルはない。一度もない。なのに、潤はあるんだ……」

　本当にラブホテルはなかった。

　事業の一環で、ラブホテルも所有しているが、黒瀬が利用するのは一流と呼ばれるホテルだけだ。

「どっちを怒ってるんだよぅ。俺が誰かと経験あるのが嫌なのか、それともラブホテルに行ったことがあるのが嫌なのか」

「そんなの、両方に決まっているだろ？」

「嫉妬してくれてるんだ」

「してる」

「俺はしないぜ。だって、そんなの意味ないだろ？　今、他に誰かがいるなら話は別だけど。俺、胸張って言えるもん。今までの人生で本気で好きになったのは、黒瀬だけだって。絶対このまま、ジジィになるまで、棺桶に足突っ込むまで、変わらないって言い切れる。黒瀬も俺をそれぐらい好きでいてくれてるって、信じてる。だから、過去はいい。何があっても、何をしてても、いい。過去だけじゃなくて、今、どんな汚い仕事してようと、ヤクザだろうと、俺の知らない顔があろうと、俺は黒瀬を嫌いにはならない。って、これ組長さんの前でも言ったよな……」

言っておいて、恥ずかしくなる。黒瀬の反応を見ることなく、背を向けてしまった。向けた潤の背に、黒瀬が自分の背中を合わせた。

「潤は心が広いね。私も潤以外は考えられない。潤ありがとう。ふふ、でも初めて嫉妬したよ」

「えっ？」

背を合わせたまま、お互いの顔を見ずに会話が続く。

「嫉妬するぐらい、誰かを好きになるってことなかったから……」

「そう言われると、嬉しい……。もう俺には黒瀬だけだから。な、浮気とかすんなよ？」

「するわけないだろ？」

「したら…」

「したら？」

「殺す！」

「殺すって言葉が、潤の口から出るなんて」

いつもの自分の口癖を取られて、黒瀬の顔に笑顔が戻った。

潤がクルッと向きを変え、黒瀬の背中に抱きつく。

「マジだから、俺」

潤の腕が黒瀬の首に巻き付く。

「そのまま、絞めてみる？」

「バカ……、そんなことにならないように、ずっと俺を見ててくれよ？　俺、飽きられないように努力するからさぁ」

黒瀬の耳元で、潤が甘えるように囁いた。

「ふふ、飽きるはずないだろ？　努力って何する気？」

「内緒」

「楽しみにしておこう。どちらかというと、私の方が飽きられそうな気もするけど」

「そんなことないって、さっき力説したばかりじゃん」

ガブッと、ふざけて潤が黒瀬の肩を噛んだ。

「おやおや、この子猫は悪戯を始めちゃった？　もっと強く噛んでもいいけど？」

黒瀬の言葉を受けて、痕が付くくらい強く噛む。そして、力を緩めると、そのまま背中に唇を這わせた。

「くすぐったいよ」

「…綺麗……桃色の傷」

今度は舌を出し、黒瀬の背に広がるケロイド状の傷を舐める。

「潤はこの傷好き？」

「鮮やかで、花片が舞っているようで、綺麗だと思う……ごめん、俺酷いこと言っているのかもしれない……事情知らないのに」

「潤が気に入ってくれるなら、この傷を受けたことも、無駄じゃなかったのかもしれないね。ありがとう」

「あのさ……」

潤が指を傷の上に置いて、ゆっくりと滑らせながら、少し言いにくそうに切り出す。

「この傷のこと訊いてもいい？」

「気になる？」

「うん」

聞かれて嫌なことかもしれない。でも、知りたかった。

「たいしたことはないよ。子どもの頃に父親に付けられた傷だ。愛情深い人だったからね」

黒瀬の告白に、傷を這っていた潤の指が止まった。

「…それって……」

虐待だろ、とは言えなかった。

叩いたり、殴ったりしただけでは決してできるはずのない傷。ケロイド状になっている上下左右に広がる無数の傷は、そこから流血したことを物語っている。

潤だって、世間で親による子どもへの虐待がそう珍しいことじゃないことも、それで命を落とす子がいることも、知っている。でも、それは自分からは遠い世界のことだった。自分には父親の存在がなかった。仕事に忙しい母親の彩子とは、普通の親子より一緒にいる時間は少なかった。しかし、彩子の愛情を目一杯注がれて育った潤には、親による虐待はフィクションのように、現実感がないものだった。

今、潤の目の前にそれを受けた人間がいる。しかも、どう見ても虐待というよりは、拷問に近い。

「ビックリした？　もう、昔の話だよ。別に傷が痛むわけではないから。ただ、消えないけどね」

皮膚の傷が？　心の傷が？

訊けない言葉を胸の裡で呟いた。

「……組長さんにも、あるのかよ。傷が」

「ふふ、兄さんにはないよ。深い愛情が私にだけ向けられていたからね」

「何で、深い愛情なんて言うのさ。何で、親がこんなこと……こんなこと……、うっ……」

潤が泣く。黒瀬のために涙を零す。その当時の黒瀬が受けた心と身体に受けた痛みを想い涙を流した。

黒瀬が振り向き、泣いている潤に微笑んだ。

「おバカさん。潤が泣くことはないんだよ？」

「…黒瀬…、俺、痛いよ。俺も痛いから。当時のお前の痛み、感じるから……全部は無理だけど……少しは感じるから……」

「ありがとう、潤。潤は優しい子だね」

「俺のこと、雄花って言うけど、花を背負っていたのは、黒瀬の方だ……。今日から、これは、傷痕じゃなくて、俺と黒瀬が育ててる花ってことにしようぜ……、な？」

「潤と私の？」

　黒瀬が潤と向き合う。

　潤が湯で顔をザブッと洗い、黒瀬に笑顔を向けた。それから自分の左乳首のピアスに手を置き、軽くアメジストの石を引っ張ってみせる。

「黒瀬の所有の証がこれなら、黒瀬の背中の花は、俺を背負ってるってことでどうだ？どうせ、雄花って言うんだったら、な、いいだろ？　それは父親に付けられた傷じゃなくて、俺自身。いつも俺を背負ってる。嫌か？」

　黒瀬が自分の背に手を回し、傷全体を確かめるように撫でた。

「これが、潤？　悪くないね。この傷を綺麗と言ってくれるのは、潤だけだ。本当にこの雄花は、最高だ」

　黒瀬が潤を胸に抱き込んだ。潤の視界が黒瀬の胸で遮られる。潤の耳に静かに黒瀬の心臓音だけが届いた。

泣いている？

潤を抱きかかえた黒瀬の胸と腕が小刻みに震え出した。

「……黒瀬？」

「しばらく、このままに……」

「――うん……」

中学に入学した頃から理不尽な理由で始まった父親による虐待。

本宅の小屋で、両手を縛り上げられ裸で吊され、竹刀《しない》で何度も叩かれた。血飛沫を上げ、気絶するまで続いた連日の地獄。黒瀬が涙を流して許しを請うことはなかった。

感情を押し殺し生きてきた。それが生きる術《すべ》だった。

そんな黒瀬が初めて心のままに、涙を流した。

潤の心が、黒瀬を素直にさせる。

封印していた闇に潤によって灯がともされた。

傷が辛い思い出ではなく、潤によって二人の愛の証になった。

潤を胸に収めたまま、潤の温もりに黒瀬が静かに涙を流す。

「あなた……何しているのです。お帰り下さい」

時枝はモニター画面に映った人物を確認すると、解錠する意思のないことを告げた。

「つれないこと言うな。開けてくれ」

着流しで来ることないのに、一体、何を考えているんだ。

数時間ばかり前に別れたばかりじゃないか？

「年末は忙しいんじゃなかったのですか？」

「ああ、俺以外は忙しいそうだな」

「そんな目立つ格好で」

「だろ？　だから早く入れてくれ。ほら、土産だ」

モニター画面の男がスーパーの袋を二つ見せつける。

「何ですか？」

「一緒に食おうぜ。鍋の材料」

「……お帰り下さい」

「冷てぇヤツだな。武史に入れてもらおうかな？　セフレが照れてつれなくするから、開けてくれって、あっ」

モニター画面が一方的にクローズされた。何度もルームナンバーを押すが反応がない。

「しかたない。武史に開けてもらおう、えっと番号は…確か……イテッ！」

後頭部に衝撃が走る。

「勇一、てめぇ、何やってんだ？　目立つから、こっちこい」

後ろ衿を掴まれたまま引き摺られ、エレベーターに押し込まれた。

「勝貴……」

「黙ってろ！」

時枝が身体から怒りのオーラを発散させ、勇一を睨み付けた。

エレベーター内に沈黙の重い空気が流れる。

エレベーターが止まり扉が開くと、時枝がまた勇一の衿を掴み、部屋の中まで引き摺り、リビングのソファの上に勇一を投げつけた。

「乱暴な歓迎だな、勝貴」

「アホか。誰が歓迎してるんだ？　目的はなんだ。何しに来た？」

仁王立ちで腕組みをした時枝が、勇一を見下ろしている。

「あっちで、お前が暇になって訪ねてくるのを待っているのもいいかと思ったが、人の出入りが激しいからゆっくりできないだろ？　武史たちもこっちだし、お前が誘ってくれたじゃないか……『社長をここに呼びつけるな。お前が会いにいけばいいんだ』って」

「それを言うなら、暴力団関係者が出入りしてたら目立つから気を遣っている、ってお前が言ったんだろ。その格好のどこが気を遣っているんだ？　このマンションはハイソな住人が多いんだ。いくら裏の専用入口からだといっても、そこに行くまでに目立つだろうが、このバカ。来るなら、普通の格好で来い。そんな漆黒の着流しで来るヤツがいるか？　まさか、お供も一緒か？」

桐生組の組長が、一人でこんな目立つ姿のまま移動したとは思えない。

「下までな。佐々木に送ってもらった。元日の昼に迎えにくるよう言ってある。年始は挨拶衆で忙しいからな」

それって……まさか……

「お前、それまでここに居座る気か⁉」

「ザッツライトゥ」

ウィンク付きで返された。

なぜだ！　どうしてなんだ！

勇一が組長に就任し、俺がクロセで働くようになってから、たまに顔を合わせて友人同士に戻り、飲み食いするだけの関係だったじゃないか？　それ以外は仕事上というか、武史関係の報告・組との調整というビジネスライクな付き合いだったはずだ。

なのに、何なんだ！　こいつのこの図々しさは！　違う、図々しいのとは違う。あんなこともあったし、俺のこと、俺のこと…セ……

「勝貴？　顔が赤いぞ」

途中で、思考を遮断された。

「エロいことでも考えてた？」

「っ、バカか。お前じゃあるまいし。まだ昼間だ！」

「昼じゃなかったら、いいんだ。ふうん」

勇一がソファから立ち上がり、時枝に近づく。だんだん距離を狭めてくるので、時枝が後ろに下がる。

「用もないのに、寄ってくるなっ」

「残念ながら、用はあるんだよ」

さらに勇一が距離を詰める。獲物を狙う獣の目をした勇一に、時枝が壁際まで追い込まれた。

「落ち着けっ、勇一」

尋常ではない勇一の表情に、このままだとヤバいと時枝の本能が告げる。何かされたら殴ってやると、拳に力を込める。

「何慌ててるんだ？　なあ、勝貴？」

イヤらしい目つきで勇一の顔が迫ってくる。

まさか、朝みたいなことをする気じゃないよな？

「勝貴……」

勇一がゾクッとするような甘い声を時枝の耳元で囁く。

普段の時枝なら間違いなく逃げられるはずなのに、身体が言うことを聞かない。

顎を掴まれ、目を覗き込むように視線を落とされ、殴りつけようと思うのに、腕に力が入らなかった。

「……勇一、止めろっ」

顔が至近距離で止まり、勇一の息が時枝にかかる。

「落ち着けっ！」

「ふん、落ち着くのは勝貴だろ？」

イヤらしい目つきをした男が、意地悪く笑みを浮かべた。

「はい、これ」

勇一が時枝の顎を掴んだまま意地の悪い笑みをニコリと愛嬌のある笑顔に変え、時枝の眼鏡の前に袋をぶら下げた。

「ハ？」

目の前を揺れる、ネギが頭を出したスーパーの袋。

時枝の緊張が一気に緩み、ムカムカと怒りが込み上げてきた。

「冷蔵庫に入れた方がいいぞ？」

「……」

「何か、別のこと期待してた？」

「……お前っ、そんなこと言うために、俺に迫ってきたのか？　顎掴んでかっ。放せ」

勇一の手を振り払う。

「迫るって、えらく意味深だな。お前が後退《あとずさ》るから、そのぶん俺が進んだだけだ」

「ハメやがってっ」

「まだハメてないけど？　ハメようか？　ご期待には添わないとな。でもそれは時間を掛けて、ムードもあった方がいいよな？　うん、期待してていいぞ、ウッ」

勇一の腹に、時枝の一発が決まる。

「バカも休み休み言え。それ貸せ、いやいい。お前がしまえ。場所分かるだろ！　バカの相手は疲れる。お茶でも淹れてこい！」

時枝は勇一から離れて、ソファにふんぞり返った。

こき使ってやる！

ここにいる間、顎で使ってやる！

この部屋に来たことを後悔させてやる！

食材の入った袋を持ちキッチンへ逃げていく勇一の後ろ姿を、恐ろしい形相で時枝が睨んでいた。

「お～、こわ」

ふうん、勝貴のあの怯えた顔ったら、ないな。

あいつが震える子羊に見えたぜ。

あのまま、押し倒せばよかった。

今夜には決めてしまおうかな……。

昨夜と今朝の時枝の乱れた顔が頭から離れない。

組の用事は佐々木を筆頭とする幹部に押しつけ、時間を捻出し、時枝が住むこのマンションまで押しかけて来たのだ。もちろん、黒瀬と潤に会いたいというのもある。

しかし珍しく、このブラコン勇一の脳内を朝から専有しているのが、長年の親友、時枝の痴態だった。ちょっとした悪戯心だったはずなのに、今はどうしても時枝の全てを手に入れたい。触りっこではなく、もっと大人の関係になりたい。勇一自身、どうしてこうも時枝との関係を深めたいのか分からないのだが、友情云々よりも、今は欲望の方が勝っていた。

「ほら、お茶だ。有り難く飲め」

勇一が日本茶を淹れた湯飲みを持って戻ってきた。

「熱い……」

手に取った時枝が、こんなの飲めないと湯飲みを置く。それは本当に触るのがやっとなくらいの高温だった。どう頑張っても舌を火傷《やけど》するのは目に見えている。

「そうか？　ポットの湯だぞ」

「うちのは九十八度保温だから、そのままじゃ熱いんだ」

「貸せよ」

時枝が熱くて持てなかった湯飲みを勇一が手に取る。

「お前、面の皮だけじゃなくて、手の皮も厚いんだな」

「どういう意味だ？　俺は繊細だし、優しい男だぜ？」

何言ってるんだか、と時枝が勇一に冷たい視線を送る。我関せずで、勇一が湯飲みを両手で挟むと、フウフウと息を掛け始めた。

「人のお茶に何やってんだよ」

「お優しい勇一さまが、冷ましてやってるんだろうが。俺さまの二酸化炭素と愛情のタップリ詰まった息で、良い具合になってきたぞ。飲め」

手渡された湯飲みはいくぶん温度が下がったようで、時枝も何とか持てた。そのまま口に含む。一口飲むと、時枝が湯気で曇った眼鏡を外した。そして、そのままお茶を啜る。

「俺の淹れたお茶はどうだ？」

「最初から、この温度で淹れろ」

「ふうん、俺の息が掛かったお茶でも平気なんだ」

「当たり前だろ。何を言ってるんだ？」

オイオイ、そんなこと言うから、お前は逃げられないんだよ。

こいつ、分かってんのか？

「間接キスみたいで、エロチックじゃない？」

「それを言うなら、親子じゃないのか？　子どもが飲めないのを親が冷ますだろ」

「親子なら、こうだろう」

時枝の湯飲みを勇一が奪い中身を口に含む。そのまま時枝の顔を引き寄せ唇を重ねた。不意を突かれ、驚き目を見開く時枝の後頭部に手を回し、逃げられないようにする。唇を舌でこじ開け、その隙間からお茶を流し込んだ。

「幼い子に熱い物飲ます時は、親がまず口に含んで冷ましてから口移しだ」

悪びれたふうもなくそう告げると、自分の湯飲みの中身も口に含み、再度時枝の口内へ流し込んだ。

「はぁ、バカヤローっ、それは硬い物を噛み砕いて与える時だ！　このドアホがっ」

口端からだらしなく溢れた水分を拭いながら、時枝が勇一を押しのけた。

この雄花に一体何を与えてあげることができるのだろうか……

浴室から出るともう午後の三時を過ぎていた。新しいバスローブを着せ、潤をベッドに運ぶと、睡眠薬入りの鎮痛剤を飲ませ寝かしつけた。寝たくないと潤は言ったのだが、傷の治りが早くなるからと、黒瀬が半ば強引に寝かせた。起きていられるとついつい潤の身体に触りたくなり、結果、潤の治りを遅らせてしまいそうなので、その防止ということも含まれていた。

黒瀬は柔らかな潤の頭髪を撫でながら、子どものような寝息をたてて眠る潤の顔を見つめていた。

俺はこの雄花からもらってばかりだ……

ビンタから始まって、ラブスプーンに、そして、背中に花までもらったよ。

酷いことした俺に愛情を示してくれる。

純粋に俺だけを欲しいと思ってくれる……なのに、俺は……奪うことしかできない。

ピアス以外で潤に俺が与えたものは、何だろう？

この先、潤からまだまだ奪うばかりのような気がするよ。

普通の暮らし、女の子との恋愛、俺から羽ばたく自由。

俺と違う人生を歩く方が、安全で幸せだと分かっているのに、もう二度と、自由にしてあげることはできない……

潤、君は俺から助けられたと思っているんだろうけど、逆なんだよ？

俺が潤に助けられているんだよ……君だけが、俺に涙を流させることができるんだよ……

ごめんね、もしこの先潤が俺を嫌いになっても、俺は潤をもう二度と手放せないから……

一度は潤のために身を退こうとした黒瀬だった。だが、もうそれはできない。潤自身が飛び込んできたのだから。諦めかけた初めての本気の恋だった。酷い男のままでフェイドアウトするはずだった。だが、潤の真っ直ぐで、迷いのない愛情を知ってしまった。

……潤、俺を嫌いにならないで……私の可愛い雄花……

潤の寝顔を鑑賞していた黒瀬に、下の階の時枝から内線が入る。

「何か用？　せっかく可愛い寝顔を見ていたのに、たいした用じゃなかったら殺すよ？」

『いちいち、物騒ですね。寝室ですか。夕飯は私が用意した方がよろしいですよね。後でお伺いします』

「ああ。用意ができたら、呼んでくれ」

『分かりました。市ノ瀬さまは、起きても大丈夫なんですか？　どうせまた獣以下のような行為に耽《ふけ》っていたんじゃないんですか？』

「なんだい、その獣以下って？　潤は天使だよ。ふふ、雄花が俺に花をくれたし。後で見せてあげよう。驚くから」

『何をわけの分からないことを言っているんですか？　では、後で。あまりたいした用ではなくて申し訳ございませんでした』

黒瀬の話す声に、潤の眠りが途切れたようだ。

「…ん、何か言った？」

「まだ、寝てていいよ。時枝と話していただけだから。ゆっくりお休み」

潤の額にチュッとキスを落とすと、潤がまた眠りについた。その傍らで黒瀬が静かに潤の寝顔を眺めていた。

「兄さん、どうしてここに？」

　時枝から夕飯の支度ができたと知らせを受け、寝呆《ねぼ》け眼の潤を抱いてダイニングルームへ入った黒瀬の前に、いるはずのない男の姿があった。ふんぞり返り、自分がこの主だといわんばかりの態度で椅子に座っている。

「組長さん……？」

「お邪魔しているよ。潤君」

「兄さん、軽々しく潤を名前で呼ぶのは止めて下さい。なぜ、ここにいるのですか？」

　ギロリと黒瀬が勇一を睨む。

「なぜって、食事をするからにきまっているだろうが。誰かさんたちが人の留守中に勝手にいなくなるから、俺がわざわざ出向いてきたんだ。今日は皆で鍋でもしようと思っていたからな。食材持参だから文句を言うな」

「追いかけてくることもないでしょうに。桐生組の組長さんは暇なんですね。時枝、一体これはどういうこと？　さっきは何も言ってなかったけど？」

　潤を抱えたまま、今度は時枝に冷たい視線を送る。

「まさか、私もこの組長さんが一緒に食事をしたいと駄々をこねるとは、あの時点では思っていませんでしたから。一介の秘書ごときが桐生組の組長を阻止できるはずないでしょ」

「つまり、あの時すでに兄さんは時枝の部屋にいたってこと？　ふうん」

　黒瀬の時枝に送る視線が、冷たいものから意味ありげなものに変わる。その視線の変化を時枝は察知したが、いつもの仮面で無視していた。

「黒瀬、よく分からないけど、せっかく組長さんがいらしてるんだから、みんなで楽しく食事をしよう」

　黒瀬の腕の中の潤が、その場を収めようと気を遣う。

「潤君、君は話が分かる男だ。それにしても、歩けないとは、武史に可愛がられすぎ？」

　いきなりの攻撃に、潤の顔が赤くなる。

「兄さん、潤をからかうのは止めて下さい。それから、何度も言うようですが……」

「名前で呼ぶなだろ？　ハイハイ。さぁ、組員もいないことだし、勝貴も地で喋れ。今日は家族水入らずで鍋だ」

「家族？」

「家族」

　勇一の発言に、黒瀬と時枝が同時に声を上げた。

「どうした、二人とも？　家族だろうが、俺たちは。俺と武史は兄弟で、武史と市ノ瀬君は生涯を共にするくらいの仲で、ま、いってみれば伴侶？　で、俺と勝貴も古い付き合いで、これから、新しい付き合いが始まるってことで……」

と言うなり、時枝に勇一がウィンクを飛ばした。

「ッてぇな……」

座っている勇一の腕を立っていた時枝が、思いっきり抓《つね》った。

「アホなこと言ってないで、食べましょう。社長と市ノ瀬さまも座って下さい。いつまでそうして立っているつもりですか？　それから、組長、組員はいなくても社長がいらっしゃいます。私は、社長の秘書ですから」

「勝貴もそういうとこ、頑固だよな。どうせ酒が入れば崩れるくせに……」

横目で、時枝が勇一を睨み付けた。

「ねえ、黒瀬、もしかして組長さんより、時枝さんの方が力関係は上？」

二人のやりとりを聞いていた潤が小声で黒瀬に確かめた。

「ああ、そうかもね」

プライベートでは間違いなくそうなのだ。

やっと四人が席に着くと、当たり前のように潤が手を合わせた。

「いただきます。ごちそうになります」

潤の姿に、他の三人は目を合わせる。

「本当に、潤は……」

「市ノ瀬さまは相変わらず……」

「さすがだ……」

三人三様に囁くと、潤を見習い、「いただきます」と学校給食のノリで手を合わせた。楽しい夕餉《ゆうげ》の始まりだった。特に勇一と黒瀬にとっては。

黒瀬にとって邪魔な存在、兄勇一の出現だったが、兄の時枝に対する企みを密かに察し、予想外の楽しい時間を持つこととなった。

福岡育ちの潤にとって、鍋といえば水炊きやちり鍋、またはもつ鍋なのだが、今食卓に上がっているのは、寄せ鍋だった。ポン酢なしで食べる鍋というのは、あまり食べたことがなかった。もちろん九州でも寄せ鍋はあるし、家庭によっては食する回数も多いのだろうが、潤の家では出てこない種類の鍋だった。ポン酢がないことに、最初物足りなさを感じていたが、慣れるとこれはこれで美味しかった。時枝が仕切るのかと思えば、鍋奉行は勇一だった。出汁の中に、勇一が野菜や魚介類や、鶏肉、鴨肉を入れていく。その姿に、桐生組組長の威厳はなく、どちらかというと、マメなお父さんといった印象だ。

「どんどん食べな、市ノ瀬」

市ノ瀬君が潤君になり、結局落ち着いた呼び名は『市ノ瀬』と呼び捨てだった。

潤は本宅でぶしつけな質問をしてきた勇一に、苦手意識があったのだが、緊張感のない食卓でそれが解けてきた。こうして身近に接してみると、組を率いる人間も普通の人だってことが分かる。

「いただいてます。組長さんが料理するって、意外でした」

「鍋と、つまみぐらいな。あ、酒がなかった。武史、酒出せ」

「アルコールは、食事の後にゆっくり楽しみませんか？」

時枝と潤は気付かなかったが、この時兄弟二人は目でも会話をしていた。

『その方が、上手くいくんじゃないですか、兄さん』

『そう思うか？』

『仕込みますか？』

『準備はしてあるが、なくてもいけそうだ』

「みんなでお酒飲むの、黒瀬？」

潤の声で、二人の声なき会話は途切れた。

「招かれざる客だけど、こうして来ちゃったんだし、食後にお酒もいいんじゃない？　潤も少しなら付き合えるだろ？　鎮痛剤飲んでるから、多くは駄目だけど」

「四人で飲もう、な、勝貴。いいよな？　どうせ、酔い潰れてもお前のとこ真下だし」

「あれ、組長さん家には戻らないの？」

質問した潤を時枝が恐い顔で睨んだ。

いらんことを訊くんじゃない！

「あぁ、元日の昼まで勝貴のとこで世話になる」

「お泊まり？　お二人は本当に仲良しなんですね」

潤はただの友達同士として、感想を洩らしただけだったのだが……

「ああ、仲がいいんだよ俺たちは。何せ、セが付く友人同士だからな」

勇一が時枝の肩に手を回した。

「セ？」

「性格の良い友人同士だという意味です」

勇一の手を振り払いながら澄まし顔で時枝が言う。子どもだましな誤魔化しだったが、その説明に潤は納得した。

「それを言うなら、性格の悪い友人同士なんじゃないの？　ふうん、兄さんと時枝はセがつく友人だったんだ。へぇ～」

勇一の言った意味をもちろん理解した上で、黒瀬が意地悪く、時枝に向けて納得してみせる。

「社長、変な勘ぐりは止めて下さい。そういうことはありませんから。ですよね、桐生組組長さん？　性格の悪い友人同士で結構です。実際、悪いですから、特にこの組長は」

「おいおい、俺の性格はいいぞ？　何せお前の友人を長年やっているんだから。さぁ、酒だ。酒の時間だ。床で飲もうぜ」

勇一の提案で、ローテーブルの置いてあるリビングへ移動した。もちろん、潤はドーナツ型クッションと一緒に黒瀬に抱きかかえられての移動だった。

この時、貞操の危機のカウントダウンが始まったことを、時枝はもちろん気付いていなかった。


リビングに置かれているカップボードから、黒瀬と勇一がグラスとヘネシーXOを取り出し、宴《うたげ》が始まった。時枝が一旦キッチンに戻ると、氷、簡単なつまみ類、あと潤用にペットボトルに入ったウーロン茶を持ってきた。

「とりあえず、乾杯だ」

勇一の音頭で、皆がグラスを持ち上げ、飲む態勢に入った。

「武史と飲むのは久しぶりだ」

「そうですね」

「勝貴とは飲んだりするのか？」

「接待とかでは」

「ふうん、そんなものか。勝貴、飲めよ。どうせ武史の酒だし、遠慮はいらない」

潤と黒瀬、時枝と勇一、と二手に別れて対面する形でテーブルを囲んでいる。

「これ、美味《おい》しい……」

　濃厚でしかも飲みやすい琥珀色の液体に、潤のピッチが進む。

「潤、ゆっくりね。これ、ブランディだから。このグラスが空になったら、後はウーロン茶にしなさい」

「うん、分かった。でも、マジこれ美味し……いくらでも飲めそう」

　大学生の潤が口にしたことのない味だった。ブランディはあるのだが、まったくの別物だ。

「ふふ、じゃあ、元気になったら、二人でバラディ一本空けようね」

　黒瀬の提案に、潤が嬉しそうに頷く。それが、いくらのものなのか、どういう酒なのか、もちろん潤は知らない。値を知れば、潤の性格からして遠慮するだろう。

「市ノ瀬は可愛いな。アッチで俺に啖呵切った時と武史に甘える時とでは、こうも違うものか?」

「バカップルですから、この二人」

　程よくアルコールが回ってきた時枝の口から毒気タップリの言葉が飛ぶ。

「心配するな、お前も可愛いの知ってるから」

　勇一の言葉に時枝が真っ赤になり、潤が口に含んでいたブランディをブッと吹き出した。

「…っ、可愛い？　時枝さんが？　ウソッ……駄目、おかし過ぎ、時枝さんが……可愛いだって……ぁあ…、もう…腹いてー」

冷静に説教や小言、嫌味を言われてきた潤には、勇一の口にした『可愛い』は、時枝に最も似合わない形容詞だった。酔いも手伝って、笑いが止まらない。

「市ノ瀬さま、そこまで笑うと、失礼ですよ」

自分でもミスマッチな言葉だと思ってはいるが、あまりの笑われように、時枝は面白くなかった。

「兄さんから見たら、この皮肉屋の仕事完璧人間も可愛いってことだろ。ふふ、潤が爆笑するのも分かるけど」

「三人がかりで、私に対するイジメですか？　だいたい組長が変なことを口にするのが間違っているんです！　あとで……」

覚えてろっ！　と、時枝が勇一を睨み付けた。

「何でイジメになるんだ？　可愛いのを可愛いって言っているだけだろうが？」

「ああっ、まだ言ってる!!　組長さん、ヘンだよ……」

勇一が続けるものだから、潤の笑いが止まらない。勇一がからかって言っているのは知っている。朝、勇一に晒してしまった痴態を含ませて言っていることも分かっている。それを受けて、バカ笑いを続ける潤の声が、やけに時枝の神経を逆撫でする。

「いい加減にして下さい。二人とも。…たく…、何で俺が…クソッ……」

　時枝が、グイッとグラスを空ける。

　くそっ、こんなんじゃ、水みたいだ！

　飲んでやるっ。二人してバカにしやがって。

　空のグラスをガチャンと乱暴に置き、今度はテーブル上のボトルに手をかけた。

「社長、まだヘネシー、ボトルありますよね？」

「数本はある」

　黒瀬に確認した時枝は、ボトルを握ると口に持っていき、皆が見ている前でボトルのヘネシーを一気飲みした。

　普段の落ち着き払った時枝の態度から想像できない姿に、潤が固まる。黒瀬と勇一は、何やらニヤニヤして時枝の飲みっぷりを眺めている。

「ぐっ…はぁ〰〰〰っ」

「おいっ、勝貴！　大丈夫か？」

　心配そうなフリをしている勇一の眼は、餌を前にした獣そのもので、微かな笑みまで浮かべていた。

「ひっく、らいじょうぶら～。ゆういちっ、この、おたんこなす……が、ひっく、お前のかお……」

出来上がってしまった時枝が、勇一の顔を両手で挟んだ。

「と、時枝さんが、壊れた！」

潤が目を見開いている。

「ふふ、これからどうなるのか。余興の始まりだよ。堅物がこうなると、面白いよね。じっくり鑑賞しよう」

固まった潤を黒瀬が抱き上げ、自分の膝の上に置いた。二人で仲良くこの先を楽しむ体勢を作る。黒瀬の胸を背もたれに、潤も怖いモノ見たさで興味津々の顔つきだ。

「俺の顔がなんだ？」

「お前のかお…ヘン…だ……せいけ…い？　した…のか…？」

「美容整形か？　してないぞ。長年お前が見てきた面だ」

「…エロい……。イヤらしい…かおラ……えいっ」

勇一の左右の頬を時枝が引っ張る。

「ははは……おとこまえに……なったぞ……あの方にみせてやりたい……あい…たイ…なぁ…うっ」

引っ張ったまま今度はポロポロ泣き出した。

その時枝の手をゆっくり自分の頬から外すと、勇一が時枝を自分に引き寄せ、しょうがないヤツだと背中をさする。

「あの人は、もう手が届かないんだから、な？　俺だってあの人以上はいないと思うけど。あの人は毒がありすぎる。それに比べれば、俺はいい人間だぞ？　長年お前を見てきたし……」

ヨシヨシと、子どもを宥《なだ》めるような仕草をしながら、勇一の眼は『あと一歩だな』と、妖しい光を放っていた。

「黒瀬、あの人って誰？」

潤が素朴な疑問を口にする。

「時枝も兄さんも、私の母親に焦がれているんだよ」

「えっ？」

「二人とも、マザコンというか、ババコンというか……ふふ、変な二人だろ？」

勇一の肩で泣いていた時枝がガバッと身を離すと、また勇一の頬を両手で挟んだ。

「お前のどこが…いい…人間らのだ…。人に……あんな……こと…あんなことっ」

時枝が勇一の頬を挟んだまま自分の顔の前に引き寄せると、ブチューと、音が聞こえてきそうなほど、乱暴に自分の唇を勇一の唇に押し当てた。

傍観者二名の存在は、すでに時枝の中から消えていた。

「時枝さんがっ！」

「楽しい展開になってきたね」

潤は予想外の展開に、ますます眼が離せなくなっており、黒瀬は自分の予想どおりの展開に、これで一つ時枝の弱みを握ったなと満足していた。

「はは、しかえしして、やったぞー、ゆういちっ、ざま〜みろ……」

決して、仕返しにはなってないことを、酔っぱらいには分かっていなかった。自ら進んで獣に身を捧げたことに、時枝は気付いていない。

「こんなんじゃ、痛くも痒《かゆ》くもないぞ、勝貴？　お前はぬるいな」

勇一が、時枝を挑発する。コンマ一の理性も残ってない時枝は、その言葉にまんまと乗せられてしまった。

「いったな〜、ゆういちッ、おれは、ぬるくなイ…ひっく」

ガバッと勇一を床に押し倒して、時枝が勇一の唇に貪りついた。振動で、テーブルの上のグラスが倒れる。

「黒瀬っ、止めないと！」

「何で？」

「だって、このままじゃ…」

「このままじゃ、何？」

時枝の乱れていく様に、潤が赤くなる。

「二人が…んもう、言わせるなっ」

「始まっちゃうよね。最後まで、鑑賞する？」

「…イヤ…、それはちょっと…。そうじゃなくて、いいの？　時枝さん酔っているだけだろ？　後で後悔するんじゃ」

「大丈夫。もう二人はすでに何かあったようだよ？　セフレだって言ってただろ？　セの付く、ってあれセフレだよ。時枝は誤魔化していたけど」

「ええ⁉　そうなの」

「どうする、最後まで見る？」

正直、興味はある。自分たち以外がどういうふうにヤるのか知りたい。でも、時枝と組長となると、生々しすぎて潤には正視できそうもなかった。

「……無理。後で分かったら、時枝さんから殺されそう」

「ふふ、移動してもらおうね。十分楽しめたし」

時枝に乗られて、口の中を貪られている勇一に聞こえるように、黒瀬が少し大きな声で注文を付けた。

「兄さん、お楽しみのところ悪いんですが、客間のベッドに移動して下さい。後で、必要なもの持っていきますから。いいですね」

床の上から勇一が腕を上げ、人差し指と親指で輪を作り、ＯＫサインを黒瀬に示した。

時枝にいいようにさせていた勇一が、時枝の背中に腕を回し抱き締めると、体勢を逆転させた。自分が時枝の上になると、唇を一旦離す。

「勝貴、仕返しの途中で悪いんだけど、まだまだこんなものじゃ、仕返しにならないぞ？　優しい俺さまが、ゆっくりお前のしたいようにさせてやるから、場所移動だ」

「……いどう……？」

「こんなんじゃ、お前も気が済まないだろ？」

「……あたりまえラ……」

「武史、部屋借りるわ。悪《わ》りぃな。サンキュ」

「よく言いますね、最初から酔い潰して犯るつもりだった癖に。有能な秘書ですから、壊さない程度に楽しんで下さいね」

「……こわす……？　なんラ？」

時枝の耳に黒瀬の言葉が入ったのか、トロンとした眼で訊いてくる。

「勝貴は、いいの。当たり前だろ。俺にとってもこいつは一番大事なダチなんだから」

意味ありげなウィンクを飛ばすと、勇一は時枝を抱え、客間へと移動した。

「行っちゃった……」

「兄さんも弱気だよね。さっさと押さえ込めばいいものを。酒の力借りるなんて、桐生組の長として、少し情けない気もするんだけど」

睡眠薬を使って、飛行機の中でお触りしていた人間の発言とは思えないことを、黒瀬が洩らす。

「黒瀬、厳しいよ。あの二人って、ただの友達だと思ってた……。それに、二人とも男と付き合うタイプじゃないと思ってた。組長さん、俺に色々言ってたくせに」

「時枝は同性とは経験なかったんじゃないのかな。兄さんは、遊びではあると思うけど。ふふ、ヤクザの世界は同性に惚れるとか多いよ、潤。あと、塀の中で目覚めたり……」

「ずっと、友達同士だったんだろ？　急にこんなことになって大丈夫なのか？」

「いいんじゃない？　あの二人、付き合いが長いだけじゃなくて、信頼し合ってるし。唯一気を許せる相手同士だし。こじれたところで、離れっこないんだから。兄さん、どうして性急に事に及んだんだろうね。私たちに触発されたのかも。でも、潤と私の方が愛が深いよね」

自分の膝の上に座っている潤の後頭部に、軽くキスをする。

「バカ、当たり前だろ……そんなこと」

「潤、ちょっと待ってて。兄さんにローション持っていくから」

「うわっ……やっぱ、犯るんだ」

想像してしまい、顔が火照《ほて》る。

黒瀬が潤を膝から、ドーナツ型クッションの上に降ろすと、ローションとゴムを持って客間に行った。

「兄さん、邪魔して悪いけど、ここに必要なもの置いておくから」

「お前も加わるか？」

「冗談でしょ。そこまで趣味は悪くありません」

すでにベッドの上に放り込まれた時枝と、その上に跨る兄勇一の姿。

まだ服は着ている。

「もちろん、冗談だ。勝貴は俺のだからな」

「そんなこと、言われなくても存じてますよ。部屋を提供するんですから、代償として、そのお楽しみ、少し分けていただきますよ」

そう言うと、黒瀬は壁にある内線の装置を何やら操作した。

「では、ごゆっくり」

部屋を出ると、潤の待つリビングへと足早に戻った。

「潤、お待たせ」

戻ってきた黒瀬の手には何かのリモコンが握られていた。潤を膝の上にまた抱くと、そのリモコンをテーブルの上に置いた。

「何のリモコン？」

「面白いBGMかな？　あの二人気にならない？」

「なるけど……」

「今から、潤とゆっくり飲み直すけど、酒の肴に……」

　黒瀬がリモコンのスイッチを押すと、内線のスピーカーから、

『…ゆういち、なに…やってる……』

　と、時枝の声が流れてきた。音量の確認をすると、一旦リモコンを切った。

「黒瀬っ、これ！」

「あの部屋の声。簡単にいえば盗聴。大丈夫だよ、兄さんの許可は取ってあるから」

「でも、人のそんな……」

「見るのは無理でも聴くのはいいんじゃない？　だいたい、時枝は潤の恥ずかしいところ何度も見てるんだから。私の潤のあられもない姿、何度見てると思う？　声だけじゃないんだよ？」

　自分が時枝に命じ、強姦やエネマの手伝いをさせたくせに、潤の裸や痴態を見られたことが、実は気に入らなかった。

「でもあれは、黒瀬が……」

「潤には権利があるし、もちろん私は場所を提供しているのだから。これはオーナー特権だよ」

そこまで言われれば、正視することは無理でも声を聴くだけならいいかなと、思えてきた。

あの冷静沈着で嫌味な時枝がどう乱れるのか、かなり興味がある。

「時枝さんにバレないなら、いっか」

潤は好奇心に負けてしまった。

「ふふ、そうこなくちゃ。じゃあ、改めて乾杯しよう」

黒瀬は自分のグラスにヘネシーをロックで、潤にはウーロン茶を注ぎ、二人でグラスを合わせた。

「二人の夜と、私たちの夜にチアーズ」

「チアーズ」

イギリス英語で乾杯をし、二人だけで飲み直す。

今度は楽しく淫猥なＢＧＭ付きだった。


「…ゆういち、なに…やってる……」

「脱がせているんだろ？　このままじゃ苦しいだろう」

「…あぁくるしい…らく…だ……」

自分が脱がされている本当の理由が時枝には分かってなかった。アルコールが身体に回って熱く、シャツやズボンを脱がされ身体が軽くなっていくのは、楽で気持ちが良かった。

「勝貴、何か忘れてないか?」

「なんラ?」

「俺に仕返しすんだろ、仕返し」

「そう…だった…、あれ? どうやって、しかえし、するんだっけ……」

素っ裸にした時枝の頬を勇一が挟む。

「こうするんだろ?」

ブチュッと勇一が時枝の唇に自分の唇を押しつけた。

「でも、こんなので、お前の気は済まないだろ? こんな生ぬるい仕返しじゃな、痛くも痒くもない。男なら、ビシッといこうぜ」

「…び、しっ? …そうだ…ビシッだ、アレ… なんの、しかえし…だった……?」

「俺からイかされたのが、気にくわないんだろ? 勝貴のプライドかけて、俺を襲うんじゃなかったのか? 俺も負けないけどな。最後までする勇気を試すんじゃないのか? それとも、俺に負けたままでいいっていうのか?」

恐るべし、桐生勇一。

酔っぱらいの時枝を洗脳している。確かに、朝の出来事がきっかけで酔った時枝が勇一に襲いかかったのは間違いないが、そこに自分に都合の良いような解釈を入れ、結果、時枝に自ら望んでセックスをするように仕向けている。

　勇一も、着流しを脱ぎ、素っ裸になる。この男、用意がいいのか下着を着けていなかった。

「…そうだった……へへ……まけないぞ！」

「そうこなくっちゃ。さすが俺の勝貴だ。ちなみに、お前と俺はどちらが痛みや苦しみに強いと思う。どちらが我慢強いかな？」

「…きまって、らーっ、おれだ、この、よわむしッ……」

「別に俺は弱虫じゃないが、負けを認めよう。俺は痛みには弱いので、俺が勝貴に突っ込ませてもらおう」

　勇一が時枝の脚を開き、何の前触れもなく時枝の窄みに触れた。ビクッと時枝の身体が動く。

「まさか、恐いとか言わないよな？」

「いうかっ、よわむしっ、おれはまけないんらー、こい、ショウブらーっ……あっ」

たいした前戯もなく、勇一が時枝の窄みにローションを垂らした。

ヒヤリとした感触に、酔っぱらい時枝から声が上がる。

ゆっくり前戯を施していたら、本番前に時枝の酔いが冷めるかもしれないと、勇一の計算が働く。早く時枝の中を知りたいという欲望と、酔いが冷め、時枝に思考回路が戻ってくる前に既成事実を作っちまえという考えが、勇一を性急にさせた。

「勝貴、ここからが勝負だ。いくぞ?」

「…さっさ、しろ…っ、よわむしっ」

「まずは、一本目……」

自分の右手の指にもタップリとローションを垂らし、左手で時枝の身体を押さえつけ、ブツッと時枝の中に突き刺した。

「……うっ……」

酔っていても、違和感は感じるらしい。時枝が小さな呻《うめ》きを洩らす。

穴を広げるように、円を描くように回しながら指の出し入れをする。その度に時枝の口から耐え切れず声が洩れる。その声が、もろに勇一の股間を直撃する。

「ったくよ、勝貴がこんなに色っぽいとは……。何でもっと早く気が付かなかったんだか」

若い頃は、女を挟んでの3Pすらあるというのに、その頃はこんな気が起こらなかった。

いや、もしかしたら、時枝が女を抱く姿に興奮していた……のか?

「次、二本目……」

「…あっ…っ……」

「お前のボタンはどこかな？　いいところ探してやるぞ。その辺はルミちゃん仕込みだから、任しとけ。いいぞ、あれはクるぞ」

風俗で自分が過去受けたサービスを思い出しながら、時枝の弱いところを探す。

「あぁああっ……」

「すげぇな、一発だ。オイ、まだイくなよ？」

寝ていたモノが瞬時に勃ちあがった。まだイかせる気はないと、脹《ふく》れあがった根元をギュッと左手で握った。

「ひ…で…、イかせろっ……」

イかせてもらえなかった時枝が、泣きそうな潤んだ目で勇一を見る。

「そろそろかな？　勝負はこれからだぜ。それとももうギブか？」

「…ば…かっ、いう…な…」

「じゃあ、貫通式といくか」

指を抜き、間を置かずして自分のいきり立った先端を押しつけた。

「うぐっ……」

「痛いか？」

しかめっ面になった時枝の様子を見ながら、ゆっくりと挿入していく。指とはサイズも重量も違う勇一の雄芯が、押し出そうと働く内壁の筋肉に逆らって、進んでいく。

「つ、うっ…」

アルコールで痛点はかなり麻痺しているはずなのだが、それでも時枝からは苦しげな声が洩れる。

「息吐け、息っ。ほら、背中に掴まれ」

酔っていても時枝は、勇一に負けるということが嫌らしい。いや、酔っているからムキになっているのだろう。止めろという声は上がらない。

勇一は侵入を果たしながら、時枝のために前も触ってやる。すると、挿入で緊張した時枝の身体が弛んだ。

「あぁあ…、なん…だ……コレ……」

「セックスしてんだろ？　勝貴は俺と勝負をかけてセックスしてるんだ。お前の中に俺が入ってるんだよ。どうだ、痛いか？」

「…あつ…い…、あつい…、ぁあ…う」

奥まで犯した勇一が動きを止めた。

「泣かなかったな。お前の勝ちだ。さぁ、気持ちよくなってくれよ？」

「…おれの……かち？　…うれしい……あぁああ……」

勇一が腰を使い始めた。

「…ん、あっ…あぁ…、あっ…あ…」

たまんねぇな、コイツの中ルミよりいいんじゃねぇか？　しかも、この痛みか快感か分からねぇが、耐える顔が最高だ！

「勝貴、いやらしいな。お前の中、絡んでくるぞ？　初めてとは思えない、いいぞ。ほら」

指で確認した時枝の弱いところを狙って、そこを擦るようにわざと動く。

「うっ…イ…くっ」

勇一の背中に回った時枝の指が、勇一の皮膚を引っ掻く。

「なんだ、勝貴はこらえ性がないな。そんなにいいか？　イかせてやるから、俺の名前呼べよ」

「…ゆ、いちっ…」

「いいねぇ、ほらイけっ」

大きく腰を退くと、最奥向けてドンと突き上げた。

「あぁあぁっ……」

時枝を先にイかせ、その痴態を見ながら勇一も爆ぜた。

「あ。ゴム付けるの忘れてた……。ま、いっか」

過度のアルコール摂取と、初めての挿入で時枝の身体は参ってしまったのか、勇一の精液を受けたあと、そのまま動かなくなった。

「勝貴？　寝たのか…？　おい、こら」

しょうがないなと、勇一がゆっくりと時枝の中から萎えた自身を抜く。すると、ドロリと今出したばかりのものが流れ出た。

その始末と、時枝が飛ばしたものを拭き上げながら、勇一の頭に次の企みが湧いてきた。

「やっぱ、酔っていない勝貴とも犯らないとな。朝が楽しみだ……」

勇一は着流しの帯で寝ている時枝の手首を一つに縛り、その先を時枝が夜中に起きても勝手にベッドから離れられないようにと、自分の左手首に巻き付け、自分も眠りについた。


『あぁああっ……』

内線のスピーカーから漏れる時枝の嬌声に、潤の身体は熱くなっていた。どんな快感が時枝を襲っているのか、受け入れる側の潤には想像がつくだけに、黒瀬のモノを自分が受け入れているような気がして、身体が火照る。

「……黒瀬……」

振り返り、縋《すが》るような目で黒瀬を見つめてしまう。

「潤、時枝で感じちゃったの？　淫乱な子だ。どうしてほしい？」

「だって……、黒瀬が入っている時を思い出しちゃうんだから、しょうがないだろ……触って」

最初から、徐々に興奮する潤を楽しむつもりで、二人の声を聴かせたのだ。最初は照れながら聴いていた潤だったが、黒瀬の狙いどおりに、すぐに身体を熱くしていった。しかし黒瀬は、潤が訴えるまで知らんぷりを決めていた。

「どこを？」

意地悪く黒瀬が訊く。

「……前」

潤んだ目の潤が可愛くて、黒瀬はからかわないではいられない。

「前って言っても背中が後ろなら、こっち側は全部前だよ？　ちゃんと言ってごらん？」

「黒瀬、意地悪だ…、バカ…」

自分を支えていた黒瀬の手を取り、潤のバスローブの間から顔を出す、熱く硬くなった部分に持っていった。

「大胆な子猫だ。私の手をどうするつもりだ？」

「どうするって、弄ってくれない……気？」

すぐに触ってもらえると思っていた潤は、予想外に焦《じ》らされて、ますます中心に熱が籠《こ》もる。黒瀬の掌に、バスローブから飛び出した部分を擦りつけながら、意地悪される理由はなんだろうと、泣きそうになっていた。

「潤、泣かないで。あまりに可愛いから意地悪してしまっただけだよ。あとは、時枝の声に欲情したからお仕置き。でも、これ以上はもう止めておこう。嫌われたくないからね」

「…バカッ、嫌いになんか…ならないけど…欲しい……」

よしよしと、空いた手で潤の頭を撫でつけ、「ちょっと待って」と潤をドーナツ型クッションの上に降ろした。

ゆっくりと、潤の脚をM字に開脚させると、黒瀬は自分の頭をそこに沈めた。

「後ろは駄目だからね。こっちは一杯可愛がってあげる」

そう告げると、勃って揺れる潤の性器を黒瀬が自分の口内に収めた。

「……勇一っ」

「いっ、てぇー。なんだよ、寝言か。起きたんじゃないのか。寝呆けて蹴りやがったな」

時枝の横で寝ていた勇一が、臑《すね》に痛みを感じ、目を覚ます。

「何時だ？　あぁ、もう起きる時間だ」

ベッド横のサイドテーブルのスタンドを灯し、壁の時計で時刻を確認する。朝の五時を指していた。勇一のいつもの起床時間だ。

「なんだ、こいつ。途中起きなかったのかよ。両手縛られて、よくまあスヤスヤと寝られるもんだ。ケツ、痛まないのか？　見かけによらず、神経図太いヤツだ」

帯を引っ張ってみるが、起きない。

「さあ、第二ラウンドといこうじゃないか。なあ、勝貴？」

スタンドの明かりだけの薄暗い部屋の中で、勇一の目が妖しく輝いた。


身体のある部分が熱い。覚えのない感覚に突き上げられ、そして何かが身体の上に乗っている圧覚に、時枝は不審を抱き目を開けた。眼鏡がなく、室内が暗いので、はっきりとは分からない。だが何者かが自分の上に覆い被さっているのが分かる。

——金縛り？

焦って動こうとしたが、隙間なく縫い留められているようで動けない。身体の内部に杭を打たれている感覚に、ホラー映画の一場面が浮かび身体が震える。

——一体……何が？　なんなんだっ！

「おはよう、勝貴」

戦慄を覚えた時枝の耳に、場違いな勇一の声。

「ん？」

状況がのみ込めていない時枝のために、勇一がスタンドを灯し、ご親切に時枝の顔に眼鏡をかけてやる。

「どどどどどど、ど、どうなってるんだ――っ！」

「こら、締め付けるなって」

勇一の顔が目の前にあった。

「ぁあっ」

あらぬ場所が最大限に広げられていることが分かる。そこに太い何かが塡《は》まっており、それが微かに膨張した。すると、身体の中から言いようもない疼きが湧き上がる。

「お前っ、これっ！」

「合体中」

「なんで、こんなことになってんだっ！　どけっ、このヤロッ！　ぅうっ」

脚をバタバタさせて、時枝が身体を捩る。

しかし、動けば動くほど内部を摩擦することになり、時枝にとっては有り難くない刺激が発生する。目の前にある、勇一の顔を殴りつけようとして、

「手がっ、こいつ、なんてことしやがるんだ！」

両手の自由を奪われていることに気付く。

「勝貴、暴れるなって。裂けるぞ。言っとくが、強姦じゃないからな。お前から昨日しかけたんだぞ？　心配するな。夜のうちに貫通してるから、もうココは俺のを覚えてるって」

「夜にって、俺には覚えがないぞ！　だいたい、何でお前が挿れてるんだ？　俺が突っ込むならまだ分かるが……あぁ……大きくするな、バカッ」

「ひでぇな、まったく覚えてないのか？　昨日俺を襲ってその気にさせたの、お前だぜ。しかも自ら受け志願したんだ。俺のこと弱虫扱いして」

「無理やりじゃないなら、何で俺は縛られているんだ。あ？」

「お前の寝相が悪かったからだ。縛ったのは終わったあとだぜ？」

「なら、今すぐ解け！」

「ヤだね」

「てめぇ、絞め殺すぞ」

「いいねぇ、ここ締めてくれるってか？」

勇一が腰を動かし、時枝を突き上げる。

「ぁあっ、ヤメロッ」

「感じちゃうから……って言えよ」

「誰が、感じるかっ」

「う・そ・つ・き」

内部の刺激で勃ち上がった時枝の雄芯を勇一が指先で突く。

「くそったれ。百歩譲って、夜は合意だったとして、何で朝から俺の中にお前が入っているんだ！」

「理由その一、俺たちは本当にセックス込みの親友になりました」

ゆっくりと腰を動かしながら、勇一が説明を始めた。

「理由その二、想像以上に勝貴は良い身体しています」

「……うっ、動くなっ」

「理由その三、元気な俺さまは朝から勃起してます。理由その四、そんな俺さまの横に、ひくつく穴で誘う勝貴が寝てました」

「……あぁあ……、バカッ、動くなら、もっとゆっくりやれっ」

「理由その五、指で刺激を与えると、ひくつく穴が物欲しそうなヨダレを垂らしました」

「いいかげんなこと、言うなッ…うっ…はっ……」

「理由その六、照れ屋な勝貴は、してほしくてもすぐ意識して怒るから、羞恥も怒りも感じない寝ている時に、突っ込みました」

「…この、バカ……。だいたい、俺はセフレだって、認めてないんだっ…あぁ…何でッ…関係を…変えた…あぁ…がる…んだっ…」

「しょうがないだろ。本能だ。あと、運命だ。きっと、こうなるように神さまが仕組んだんだ。ほら、いいだろ？　俺の良くないか？」

「ぁああぁっ、くそったれっ、いいよっ、…あッ…でも、壊れたら、どうするんだっ？　俺たち…こんなこと…して…壊れたら…俺はお前を……失う…、のか…？」

快感に煽られて、時枝の口から本音が漏れる。

友人と寝ることが恐いのではなくて、そのことで友人を失うことが時枝には一番恐かった。唯一、本音を漏らす相手。身よりのない時枝にとっては、友人以上の存在が勇一だ。別に頻繁に会うような関係ではない。だが、存在そのものが心の拠り所なのだ。武史に仕えているのも、彼を導くことに使命感を持っているのも、裏を返せば全部この友があってのことなのだ。その関係が大きく変わることが、時枝には恐かった。

「勝貴、お前、俺よりバカだろ？」

その声は少し怒っているようだった。

「言っただろ？　セフレに昇格したんだって。いいか、俺たちは身体も繋げるんだから、もう怖いモノなしだぜ？　何で壊れる心配してるんだ？　結びつき強化だぜ？

俺のココと一緒で、カッチカチなカタイ関係になるんだから、壊れようがないだろうが。つうか、俺たちが壊れるって、ありえねぇ〜。バ〜カ。バカにはお仕置きだ」

　勇一の手が時枝の左右の乳首を捻った。

「うっ」

「痛いのもいいだろ？　乳首も感じるんだ。へぇ〜、いいとこ発見」

　勇一が乳首をこねくり回しながら、腰の動きを速める。胸の刺激がダイレクトに時枝の中心に伝わり、ダラダラと蜜が先から垂れてくる。

「お前、本当にイヤらしい身体してるよな……、ストイックな面に合わないぜ」

「あぁん、もう御託は…いいっ。手を解けっ、このヤロッ…しがみつかせろッ…カタイ関係って言う…なら、身体ごと…よこせっ…」

「痛《い》てっ！」

　しょうがないと、勇一が時枝の手を解く。

　解いた瞬間、時枝の右拳が勇一の左頬を直撃した。そして、時枝は勇一の身体にしがみついた。

「…俺が…、お前を…身体ごと受けとめて……みせる……、から、てめぇ…、こうなったらっ…俺を、昇天させて……みやがれっ…、この下手くそッ…うっ…」

「ひでぇな、さっきは良いって言ってたくせに。さぁ、イけ」

後ろに大きく退いた腰を前に突き上げた。

「ぁあああああっ」

中からの強烈な快感に時枝が咆吼《ほうこう》を上げ、爆ぜた。

ほぼ同時に勇一も時枝の中に欲望を出しきった。

「あぁあ、また着けるの忘れた……ま、いっか。二人で風呂の中で…うん、それも楽しそうだ……」

朝から良い運動をしたと、バタッと時枝の上に勇一が身体を落とす。

「…勇一……重い……」

「しばらくこのままで……お前の上は気持ちいい……」

「なら、せめて抜け」

「ヤだ。中も気持ちいい」

「しょうがないヤツめ……」

勇一を中に留め内部に余韻を感じながら、とうとうこうなってしまったのか……と、嫌悪感ではなく、不思議と湧き上がってくる幸福感に浸る時枝だった。

「武史、邪魔するぞ」

「うわっ」

突然の侵入者に、黒瀬の腰元に蹲っていた潤がとっさに布団を被り身を隠す。朝から起立した黒瀬のモノを口に含んでいたのだから、驚くのも無理はない。

「何ですか、兄さん？　ノックぐらいしたらどうです。だから、ヤクザは嫌われるんですよ。マナーというものを知らない」

「何だ、その丸いのは市ノ瀬か。朝から邪魔して悪いが、風呂を借りたい。あと、着替えも貸してくれ。バスローブでいいから」

「時枝の部屋にも風呂ぐらいありますよ？」

「狭い。こっちの方が設備も良いだろうが。昨日、お前たちも楽しめただろ？　勝貴ヤバいよな……。お楽しみ代として風呂ぐらい貸しても罰はあたらないと思うが？」

「はいはい、お貸ししますよ。設定、分かりますか？」

「あぁ、機械には強い」

「じゃあ、ご自由にどうぞ。着替えはあとで、持っていきますので」

「ワリィな」

『あとで邪魔しに行きますよ』

『別に構わんが、ソレも連れてこい』

布団を被っていた潤には（声なき）視線の会話は分からない。それを目にしたところで理解できるような代物ではないのだが。

それから二十分後、潤は黒瀬に抱きかかえられ、脱衣場に連れていかれた。もう自力で歩けると訴えた潤だったが、黒瀬がそれを許さず、まだ痛みが激しいはずだと、過保護ぶりを発揮した。

「まだあの二人が入っているのに……、いいのか？」

黒瀬の腕から降ろされた潤が、浴室内から聞こえてくる水音と声に、戸惑いながら尋ねた。

「うちの風呂は広いから、四人ぐらいは大丈夫だ。銭湯だと思えばいいんじゃない？それとも、恥ずかしい？」

「そりゃ、風呂だから、皆で入ってもいいとは思うけど……」

本宅で、組長の勇一に『付いているか見たい』と言われたことが、潤の頭に残っていた。昨夜の時枝と勇一の生々しい一戦を耳にした後なので、時枝の顔をまともに見れそうにない。それにプラスして、この浴室で黒瀬と共有した浣腸の生々しい記憶が蘇る。

「大丈夫、今日一番恥ずかしいのは時枝だから。ふふ、二人でからかってやろうよ」

「黒瀬…趣味悪い……」

「ふふ、人生には楽しみがないと」

「そりゃ、そうだけど……」

「だけど、あの二人に潤の大事なところは見せるの癪だから、これを巻こうね」

黒瀬が潤を裸に剥くと、腰にタオルを巻き付けた。自分の腰にもタオルを巻くと、潤を抱え、浴室へと入っていった。

「ちょ、っと、なんですかッ⁉」

バスタブに浸かっていた時枝が、潤と黒瀬の乱入に慌てた。

それもそのはず、ついさっきまで勇一の手で後処理を施され、身体の内外を洗浄され、おまけに勇一と二人、結合こそしないものの淫らな行為に耽っていたのだ。

今は湯船に二人で浸かっていたが、そんな行為の直後で一番会いたくない二人の出現に、時枝の心臓が縮み上がる。

「別に一緒に入ってもいいよね。都合が悪いことでも？」

「いや、別に大歓迎だ。な、勝貴。いいよな〜、これぞ家族じゃないか。家族で温泉に入っているみたいだ」

勇一に『家族』という言葉を使われては、時枝が反対するわけにもいかない。勇一が『家族』という言葉を使いたがるのは、黒瀬が家族という社会単位の中で地獄を見たせいでもある。自分が助けてやれなかったという負い目が勇一をブラコンにしているのだ。黒瀬にしてみれば、『家族』は最も嫌いな言葉だろう。だが、勇一は『家族』

は本来温かいものだと強調したいのだ。

「組長がそうおっしゃるなら、皆で入りましょう。どうせ、この風呂は無駄に広いですし」

渋々ではあるが、時枝は潤と黒瀬を歓迎した。

「じゃあ、兄さん悪いけど後ろ向いてて。先に潤の身体洗うから。潤のココ、見せるわけにはいかないからね」

「なんだよ。市ノ瀬は見せても構わないって俺に啖呵切ったっていうのに、出し惜しみか？」

「時枝の前で鼻血出してもいいの？」

「はいはい」

反論があった勇一だったが、黒瀬の睨みに負けてしまった。大人しく後ろを向く。時枝も言い渡されたわけではなかったが、勇一と同じ方向を向いた。

（なあ、勝貴、武史はあんなに過保護で大丈夫なのか？　別に男同士見られても平気だろ？）

（武史には市ノ瀬が宝石以上の価値なんだよ。分かるだろ、俺がどれだけイギリスで苦労したか。こっちに戻ってきて、ますます市ノ瀬命になったようだ……）

（俺がお前も市ノ瀬のように甘やかせてやろうか？　ネコッ可愛がりしてやるぞ？）

（バカか、勇一。気持ち悪いこと言うな。俺を侮辱するなら絶交だっ）

ビシャッとお湯を勇一の顔に掛けた。

「何ヒソヒソ二人でイチャついてるの？　潤、終わったから、こっちを向いても構わないけど」

黒瀬の声に二人が向きを変えると、浴室に入ってきた時同様、潤の腰にはしっかりとタオルが巻かれていた。

「潤、入って」

黒瀬の指示で潤がバスタブに浸かる。勇一と時枝の横に静かに「失礼します」と身を置くが、潤は二人から目を逸らしていた。

勇一の視線が潤の左胸のピアスに向けられていたが、気付かないふりをした。横にいる時枝の顔を正視する勇気が持てず、身体を洗い始めた黒瀬に視線を向けた。

「綺麗……。本当に綺麗な花……」

潤の呟きに、最初、時枝と勇一は何を指しているのか分からなかった。

「あのピンクは、黒瀬の肌に本当に映える……」

「市ノ瀬？　それは武史の背中のことか？」

まさかなと思いながらも勇一が潤に問う。

「組長さんも思うでしょ。あの背中に走るピンクは大輪の花にしか見えない。綺麗な花ですよね～」

「市ノ瀬にはアレが、花に見えるのか？」

「はい。あれは俺なんです」

何を言っているのかと、勇一は時枝と顔を見合わせる。

「ふふ、兄さんたちには傷しか見えないんだよ。感性が乏しい方たちだからね」

だって、それは、お前……

傷の理由を知る勇一は言いたいことはあったが、傷の話題を嫌がるはずの黒瀬が幸せそうに笑みを浮かべているのを見て、何も言えなかった。

身体を洗い終わった黒瀬が、潤同様腰にタオルを巻いて潤の横に浸かる。

背中にかかる髪をまとめて右肩から前に垂らした。

「兄さんも、時枝もよく見て。これはもう傷じゃないんだ。潤を背負っているの。潤の胸のピアスと一緒で、可愛い雄花を背中に散らしているんだ。素敵だろ？　潤が傷を花に変えたんだ」

黒瀬の腕が潤の身体を引き寄せる。

「うわっ、よせッ、二人の前で……」

と口では言いながら、潤もまんざらではない表情で腕の中に収まる。潤は自分の手を黒瀬の背に回し、ケロイドに愛おしそうに指を這わせた。

「…その…、なんだ…、市ノ瀬はその傷の由来を…」

「誰から受けたのかは知ってます」

勇一の質問に黒瀬ではなく、潤がはっきり答えた。

それまでは勇一の顔もしっかり見ることができなかった潤だったが、その時は、目を見て答えた。

勇一や時枝、または古くから桐生の組に係わるものの間で、黒瀬の背中の傷のことは禁句だった。黒瀬自身も自ら人に話したりはしない。

今まで遊びで誰かとベッドを共にした時でも、背中を見せることは滅多になかった。

それを、自ら嬉しそうに自分と時枝に見せびらかし、愛の象徴のように言い切ったことが、勇一には嬉しいショックであり、またそう言わせた潤の芯の強さ、愛情の深さに感銘を覚えた。

「兄さんも極道なら、背中に時枝を散らせば？　時枝のイメージなら、般若とか？」

黒瀬の言葉に最初に反応したのは、勇一でも時枝でもなく、潤だった。潤の顔が真っ赤に染まる。そんな潤を怪訝《けげん》そうに見ながら時枝が口を開く。

「社長、なぜ私が組長の背に？」

時枝の質問に、潤が上目遣いで時枝と勇一の顔をチラッと見比べた。勇一は余裕の表情で、時枝と黒瀬を眺めていた。

「それに、なんですか？　市ノ瀬さま、さっきから様子が変ですし」

時枝に問い詰められ、ますます潤の顔が赤くなる。

「…あの…、時枝さん、…痛くないんですか？」

水面を見ながら、小さな声で潤が訊く。

「何がです？」

「…初めてだったんじゃ……。…その、裂けるとか……切れるとか……」

今度は時枝の顔に朱が走る。

「なっ……」

まさか潤に知られているとは。

「市ノ瀬、失礼だな。俺はそんなヘタクソじゃないぞ？　な、勝貴。襲ったわけじゃないんだから、良い声を上げてたろ？」

「勇一っ、お前っ、何言ってんだっ！」

時枝が勇一の首に両手を掛け、勇一の頭を揺さぶった。

「…く、苦しい…っ、勝貴、落ち着けっ！」

「時枝、止めておけば？　そんなのでも一応兄だから。死なれたら困る。ふふ、殺したら痴情のもつれって、噂になるよ？」

黒瀬の言葉で時枝が我に返り、勇一の首から手が離れる。

「…はぁ…はぁ…、勝貴、殺すなよ……」

「説明してもらいましょうか？　なぜ社長と市ノ瀬さまがその……知っているのですか？」

まさしく般若の形相で、時枝が勇一に迫る。

「時枝、うちの内線システムよく知っているよね？　素敵なＢＧＭを昨夜は聴かせてもらったよ。ね、潤」

時枝の質問に、勇一ではなく黒瀬が答えた。

「バカッ、俺にふるなよ。…すみません…、時枝さん…、その…、あの…聴いてました……」

モジモジと、ばつが悪そうに潤が謝った。

「…あぁ…もう…俺が死にたい……」

あまりの羞恥に時枝が顔を湯に浸けた。その顔を勇一が無理やり起こすと、

「うっ！」

時枝の唇を潤と黒瀬の目の前で塞いだ。

ヤメロと、ばたつく時枝の頭を押さえ込み、舌まで絡めて口内を貪ると、時枝の身体から力がフ～ッと抜けていく。

「ま、こういうことになったんで、ヨロシク。そうだな、武史の言うとおり、勝貴を

背中に彫るのも悪くない。良かったぜ、変な絵を今まで彫ってなくて」

粋がって刺青を入れるような下っ端でもなく、また誰かに強要される位置でもなかった。生まれながらに極道になることを運命づけられ、家業を継ぐように組を継いだ勇一の背には、まだ何の絵もない。一生背負っていくものだから、生半可な画は彫りたくはなかった。黒瀬に言われ、勝貴なら悪くないと勇一は思った。

「ふふ～ん、時枝には雄花を愛でる趣味はないと思ったけど、自分が雄花になって愛でられるようになるとはねぇ……。それにしても、兄さんの趣味は良いのか悪いのか、判断つきかねます」

「良いに決まってるでしょっ。バレてしまったものは、しょうがありませんが、今後このことで私をからかうのは止めて下さい。いいですね、社長」

勇一からキスをされ、その唇から逃げられなかった時枝は、認めたくなくても認めるしかなかった。

「ふ～ん、ラブラブだ。時枝に最も似合わない言葉だけど」

うん、と潤が黒瀬の横で頷き、笑いを堪えていた。その二人を時枝がギッと睨む。

「そういうわけで、俺たち二組の夫婦みたいだな。しかも俺の嫁は武史の秘書だし、やっぱ、家族だ。あ～、いいな、こういうの。なあ、市ノ瀬もそう思うだろ？」

「はい」

「誰が嫁ですって？」

時枝が勇一の脇腹を抓る。

「いてぇ、乱暴な嫁だ。ドメスティックバイオレンス反対！」

勇一と時枝のやりとりが面白くて、潤は声を上げて笑った。

勇一と時枝の関係も開けっぴろげに知らされ、自分と黒瀬の仲も認められ、皆で湯に浸かり、ほのぼのとした時間をこの面子《メンツ》で過ごしている。潤はイギリスでの怒濤の滞在を遠い出来事のように感じていた。

横を見れば、黒瀬の甘い眼差し、前を見れば、できたてカップルの痴話喧嘩。

この幸せな時間が、ずっと続くものだと潤は思っていた。

——そう、ずっと……


「社長、なんて顔しているんですか。もう、新幹線も見えませんよ。早く、仕事に戻りましょう。あ〜、この先仕事が立て込んでいるというのに、まったく……」

正月明けの月曜日。

品川駅の新幹線ホームに、黒瀬武史とその秘書時枝勝貴はいた。

今日から二人とも仕事に戻らなければならない。十二月、イギリスに出張の名目で裏稼業に勤《いそ》しんだ二人だったが、正式には株式会社クロセの取締役社長とその秘書というのが、二人の肩書きだ。時枝に至っては、表向きは秘書室長だが、実際は副社長と言っても過言じゃないほどの、仕事量と権限を与えられていた。

もともとクロセは、黒瀬が大学卒業と同時に立ち上げた家具の輸入販売の会社だった。大学在籍中から始めた盗品の売買で得た資金をバックにみるみるうちに急成長していき、今や不動産や金融業界にも進出している。

そんな二人のスケジュールは、一旦仕事に戻ってしまえば分刻みの忙しさだ。

「時枝、俺は転勤する」

「はい？」

新幹線が見えなくなっても動こうとしない黒瀬が、ポツリと呟いた。

「博多の事業所があったろ？　そこに転勤したい」

「……」

「異動願いはどこに出せばいい？　人事か？」

「もう、正月早々寝言は止めて下さい。どこの会社に事業所に転勤願いを出す社長がいますか。ったく、冗談にしてももっと気の利いたことをおっしゃって下さい。せめて、本社を福岡に移すとか」

と、言ってしまってから、時枝はしまった！　と口を押さえた。この男なら、そういうことをマジでする。いらぬ知恵を付けたかもしれないと慌てた。

「ですが、福岡に本社を移したところで、一年もすれば、市ノ瀬さまはこちらに出てこられるんですよ。たった一年ぐらい、二人の間に確固たる信頼と愛情があれば乗り越えれると思いますが？　市ノ瀬さまの方がよっぽど大人ですね。あなたも見習って仕事をしなさい」

「はぁ、そうだね、もし潤の単位が足りなくて一年で卒業できない事態に陥ったら、その時は本気で福岡移転も考えよう。でも、福岡の方が、副業には都合が良いような……」

ブツブツ続ける黒瀬の腕を時枝が取り、強引に歩き始めた。

「はい、もういいでしょう。仕事です。仕事。この後、十時から役員会です。十二月の報告も受けなくてはなりません。新年最初の会議に社長がいなくてどうするんです？」

「傷心の俺に優しく接してやろうという気がないのか？　時枝は冷たい……」

「三月に休みが欲しくないんですか？」

痛いところを突いてくる。三月の自分の誕生日には潤と二人で過ごしたい黒瀬だった。

「仕事に行くよ。会議に遅れる」

やっと、仕事をする気になった黒瀬は颯爽と歩き出した。

はあ……この男のお守りは疲れる……

はあ……でもこれでヤレヤレだ…やっと一段落ついた……

新年明けて、今日潤が帰ることが決まるまでの二人のドタバタ劇を見ていた時枝は深い溜息を漏らした。

新年を黒瀬のマンションで一緒に迎えた潤は、黒瀬の正月休み明けに合わせて、福岡に帰ろうと決めた。冬休み中は、黒瀬の元で過ごしたい気持ちは山々だったが、長く側にいればいるほど、離れる時が辛い。十二月、イギリスに旅立ってから会っていない祖母のことも気に掛かる。連絡は入れていたし、母親の彩子からも潤のことは心配いらないと、報告が入っているようだった。だが孫としては元気な姿を早く見せ安心させてあげたいと思っていた。

決心はしたものの、冬休みの間はずっと東京にいると思っている黒瀬に、なかなか切り出せなかった。とりあえず、黒瀬には内緒で時枝に新幹線の切符の手配を頼んだ。

「いいんですか？　後で社長に叱られるかもしれませんよ？」

「時枝さんだって、俺がこのままこっちにいたら、仕事の邪魔だと思ってるだろ？　俺、負担になりたくないいんだ。黒瀬は会社に俺を連れていきたいみたいだけど、それって変だろ？　皆さんが仕事しているのを、大学生の俺がボケ～と見学するのも失礼だし」

「そうですね。特に社長は分刻みのスケジュールです。正直申し上げて、暇な大学生が遊びに来られても困ります。ただ……、今の社長は下手すると仕事より市ノ瀬さまを選びそうで……、市ノ瀬さまが自分から戻るとおっしゃっても、素直にオーケー出すとは思えませんが」

「このままここにいて、仕事の負担になるのも別れが辛くなるのも嫌なんだ。黒瀬は説得するから、仕事が始まる日に福岡に戻ります」

潤の決心が固いと感じた時枝は、新幹線の手配を引き受けてくれた。

今日が新年の二日で、明後日《あさって》四日が月曜日だ。ソッチ関係者への挨拶があるからという勇一の命により、黒瀬は本宅へと強引に連れ出されてしまった。潤も一緒にとの申し出だったが、強面の厳つい集団に潤を晒す気はないと黒瀬が主張し、マンションで留守番となった。一人でも大丈夫だと言ったのだが、新年早々一人は寂しいだろうと、時枝が潤の側に残された。

今がチャンスだと、潤は時枝と密談に臨んだ。

「手配はネットでします。当日、駅で切符を受けとって下さい。月曜朝ののぞみでいいですね？」

「はい、お願いします」

「飛行機の方がいいんじゃないですか?」

冗談じゃない!

これって、時枝さんの嫌味?

「まだ、飛行機が苦手なんですか?」

当たり前だ! 黒瀬が側にいないなら、尚更怖いに決まってるっ。

そりゃ、黒瀬が側にいて、色々やってたから怖がる暇がなかったんだよ。

「イギリスからの帰りの機内では、平気そうでしたが?」

「一人は無理です。あれは、黒瀬が……」

と、思い出して赤面する。

「そうでしたね。怖がる暇もないぐらい、やることがあったみたいで」

間違いなく、嫌味だよな?

実は組長さんにとっても会いたかったとか?

時枝さんも黒瀬と一緒に本宅に行きたかったのに、俺のせいで残る羽目になったことを恨んでいるとか? それで、今頃一週間前のことを持ち出して、俺をイジメているのか?

「あの、時枝さん、もしかして不機嫌?」

潤の質問に、眼鏡の奥の目が冷ややかに吊り上がった。

「とんでもない。感謝していますよ。今日は組長と会わなくても済みましたし、市ノ瀬さまの配慮で社長も新年は仕事に没頭できそうですし」

言葉どおりに受け取ってもいいのだろうか？

「なら、いいんだけど。よかった、組長さんに会いたいのに俺が邪魔したのかなって思って」

「そんなはずないでしょ」

と言いながら、時枝の目は「そうだよ」と言っているように思えて、潤は時枝から目を逸らした。

何度も切り出そうとしてできず、やっと潤が黒瀬に話がしたいと言い出せたのは、寝る準備を終え、二人でベッドに入った時だった。

「黒瀬、話があるんだけど」

夕方、本宅から戻ってきた黒瀬は、今度は時枝を本宅へ出向かせた。たぶん組長の勇一が呼びつけたのだろう。

時枝を頼るつもりは毛頭なかったが、いないとなると自分一人で黒瀬を説得できるのかと、潤の不安が募る。本宅からの手みやげで黒瀬が持ち帰った正月料理の折り詰めと日本酒が二人の夕飯となった。切り出す機会を窺っていた潤は、料理の味もよく分からず、日本酒を呑んでも全然酔えなかった。

「潤、私の顔に何が付いてる？」

「あ、いや……その、ごめん」

「見られるのは嬉しいけど。今日の潤、少し変じゃない？」

「そんなことはないよ？　黒瀬がいい男だから、見とれてた」

「そう？　それは嬉しいな」

言い出せないまま夕飯が終わった。

テレビを見ながらの談笑、入浴と二人でずっと一緒にいたというのに、結局切り出す決心がついたのは、ベッドに入ってからだ。

話があると、言葉を発するのにもかなりの勇気が必要だったのだが、そこから先が出てこない。

「……あの……」

「どうしたの？　話しづらい内容？」

「ああ、まあ……」

「何？　気になるから、早く言って」

黒瀬の顔が曇る。自分にとって好ましくない内容と推測したようだ。

「黒瀬、分かっていると思うが、俺は黒瀬が大好きなんだよ……だから……」

「だから？」

「明後日、福岡に戻る」

潤の言葉に黒瀬の顔が凍る。

「どういうことだ？　明後日？」

「ああ。明後日。黒瀬の仕事が始まる日に俺、……帰る」

「どうしてだい？　まだ潤の大学は冬休み中だろう？　私の側にいるの、飽きた？

私の側より福岡の友人の側がいいとか？」

潤の気持ちを疑うような口ぶりに、次の言葉が出てこない。

「……違う……」

「何？　聞こえないよ、潤。どうして急にそんなこと言い出したのか説明してごらん」

――黒瀬、恐い……

「…だって…、仕事始まる…し、長く…ここにいたら……」

「いたら？」

「…離れる時……もっと辛い……」

「離れなきゃいいだろ？　帰さないよ。そんな理由じゃ帰さない」

何言ってんだよ！

ずっとこっちにいられるはずないだろ！

「……無理言うなよ……」

潤は黒瀬の顔を見るのが恐くなり、下を向いた。

「明後日帰るなんて、そんな勝手は許さない」

黒瀬にしては珍しく荒らげた声を出す。その声に顔を上げた潤の腹に衝撃が走る。

「くっ」

……何で……？

潤はそのまま気を失った。

翌日の朝。

本宅で一夜を過ごした時枝がマンションに戻ってきた。

朝食は早起きの勇一と共に済ませてきたが、潤の帰郷と二人の朝食のことが気になり、自分の部屋より先に黒瀬のところへ顔を出した。

「お帰り、本宅は楽しかった？　身体平気？」

ダイニングのテーブルで黒瀬が一人コーヒーを飲んでいる。

「特に楽しくもありませんし、身体も通常どおりですが。社長お一人ですか？」

「さあ」

肩を竦め、戯《おど》けた表情で黒瀬が答える。

「市ノ瀬さまと喧嘩でもしたのですか？」

「なぜそう思う？」

黒瀬の口調は穏やかだったが、『何か思い当たる節でもあるのか』と、勘ぐるような視線を時枝に投げてきた。

「ここではいつも一緒なのに、今日は珍しくお一人だったもので」

「俺と潤が喧嘩をするはずがないだろ？　そんなことより、明日から仕事だし、N社の買収条件をまとめておいて」

別に今する必要のないような雑務を振ってくるあたり、早くここから追い出したいのだろう、と時枝は黒瀬の心を読む。

「社長、仕事をお忘れかと思ってましたが、大丈夫だったようですね。安心しました。他にご用は？　朝食はお済みですか？」

「時枝は、ホント可愛げがない。可愛いのは兄さんの前だけ？」

「何、バカなことを」

「ここは、赤くなるところなのに。やはり、時枝は潤と違って可愛くない。朝食の心配はいいから。他に用はない」

悪うございましたね。これでも、動揺はしてるんだよ！　いちいち、勇一を持ってくるなっ。

心の中で文句を言い放ち、

「では、失礼します」

一礼して時枝は自室に下がっていった。


自分の部屋に戻ってからも、時枝は潤のことが気になっていた。

ちゃんと説得できたのだろうか？

だったら、市ノ瀬の帰郷の話題が上がってもよさそうなものだが？

第一、彼の気配すら感じなかった……

もう明日のことなので、話はしてあるはずだ。それなのにそのことには触れず、仕事の話をするっていうのは、あの男にしては変だ。

どうも様子がおかしいと、数時間おきに口実を作っては上の階を訪ねた。しかし、その度に姿を見せるのは黒瀬だけで、嫌な予感が時枝を襲う。

絶対にこれは何かおかしいと、時枝は意を決して黒瀬と対峙した。

「社長、市ノ瀬さまはどこですか？　今日私一度もお目に掛かっていませんが？　体調が悪くて伏せってられるとか？　また激しい営みでもされたのですか？」

「潤は元気だよ？」

「じゃあ、どうして姿を見せないのです？　姿だけじゃない、気配すら感じない。今すぐ、ここに連れてきて下さい！」

のらりくらりと躱《かわ》す黒瀬に時枝が半分キレかかっていた。

「理由が分からない。なんで？」

なんだかとても嫌な感じがする。

「失礼します！」

時枝は黒瀬を無視して、一つひとつ部屋をチェックして回る。

一体、どこにいるんだ？

寝室も客間も書斎もテラスも、使用されてない部屋も、浴室、トイレまで隈なく捜したが、姿がない。

まさか、とクローゼットの中まで捜したが姿はなかった。

「社長、一体どこにやったのですかっ！　市ノ瀬さまはどこです！　正直に言いなさいっ」

時枝の焦りを含んだ怒声が黒瀬に飛んだ。

「ふふ、時枝は何を怒っているんだい？　ちょっと留守にしているだけだろ？」

この男はおかしくなったのだろうか？

何で、笑っているんだ？

…まさか……

「無事ですよね？　殺してはいませんよね？　どうなんです、社長」

　裏の顔を前面に押し出すとは思えない。が、愛とは狂気を孕《はら》むものだったりする。今まで人を本気で愛したことのない男だ。逆上したら何をするか分からない……まさか…でも……

「物騒なことを私がするとでも？　潤に対して？　そんなわけないだろ」

……いや、分からない。なら、どうして彼はいないんだ……答えになってないじゃないか！

「もう一度お伺いします。市ノ瀬さまはどこですか？」

「さあ」

　このやろっ！

　ブチッと時枝の頭で音が響く。

「てめぇ、いい加減にしやがれっ」

　黒瀬の襟元を鷲掴みに締め上げた。

「さっさと、吐けっ、武史！　さもなければ、桐生組使って、東京中を捜させるぞ？　お前も市ノ瀬が見つかるまで、桐生組に拘束するぞ？　だいたい、市ノ瀬に嫌われて生きていけるのか？　ネタは上がってんだよっ、この甘ったれが！」

「……苦しいよ、時枝。ネタって何のことだ……」

パッと時枝が手を離す。

「明日市ノ瀬が帰ることが原因だろ！　違うのか？　市ノ瀬が明日帰るって言ったんだろっ！」

黒瀬の顔が険しくなる。

「どうして、お前が知っている。潤は俺より先に時枝に言ったのか？　どういうことだ？」

立場が逆になる。問い詰めてた時枝が、問い詰められる側になった。しかし、ここでひるむわけにはいかない。

「……切符の手配を頼まれたんだ。だが、あとはお前たち二人の問題だろうが。俺に先に言ったのが気になるなら、さっさと二人で話し合え。お前は、関係を壊したいのか？　無事だとして、彼が今日一日どんな気持ちでいるのか、お前には想像できないのか？　とにかく場所を言うんだ。ここにはいないってことは、別のどこかだろ？」

時枝の言葉に黒瀬の眼が一瞬揺れた。それを時枝は見逃さなかった。あと、もう一押しだ。

「市ノ瀬が本当に武史の前から消えたら、お前は生きていけるのか？」

「…無理だ……」

時枝がエヘンと咳払いをする。

「社長、もう一度だけお伺いします」

秘書時枝に戻って改めて訊く。

「市ノ瀬さまはどちらですか?」

「…時枝には負けたよ……。本宅にいる……あの小屋…だ……」


「まったくよう、武史のヤツは……」

夏と違いこの時期の夕方の六時過ぎは闇だ。ネオン煌《きら》めく街中や住宅地なら、暗くても闇ということはないのだが、この本宅の庭は、外灯のある一部を除いては真っ暗な闇になる。それだけ、敷地が広いということなのだが。その闇の中を着流しにマフラーを巻き、草履ではなくスニーカーを履いた勇一が懐中電灯を提げ、庭の隅にある小屋に向かって歩いていた。

正月の客も途絶え、早い夕飯を終えゆったりしていたところに、時枝から電話が入った。てっきり次の予定のことかと思えば、聞かされたのは、弟の問題行動。しかも情けないことに、自分も昨夜ここにいた時枝も組の者も気付かないうちに、忍び込んでいた模様。そして、誰一人として、庭の小屋に市ノ瀬が監禁されているのに気付かなかった。

セキュリティの甘さも痛感させられる出来事なのだが、何よりも勇一がショックなのは、自分の弟があの小屋を選んだということだ。

「あの小屋は何かと鬼門だ。やはり壊そう……」

庭の小屋こそが、黒瀬が父親に折檻という名の虐待を受けていた場所なのだ。

母屋から歩くこと十分。直線距離だと短くても、手入れの行き届いた庭は、植木や置き石で、どこでも自由に歩けるわけではない。特に闇だと木の根の盛り上がりに注意しながら歩かねばならない。久しぶりに小屋まで来たのだが、想像以上に時間が掛かった。

「おい、市ノ瀬、いるのか？」

鍵が掛かっているのかと思えば、鍵は壊れたままで錆び付いていた。

返事がないので、ドアを蹴っとばし、中を懐中電灯で照らした。

「…組長…さん……」

懐中電灯の明かりの中に、潤の顔だけが浮かび上がる。

「うわっ！　脅すなよ……。生首かと思った……」

顔以外をキャメル色の毛布が覆っている。

「生きてます」

涙の筋が残る顔で潤が戯けて言う。

「もしかして、繋がれているのか？」

小屋の中に小さな流し台があるのだが、そこに通じる剥き出しの水道管から鎖が潤へと伸びている。

勇一の問いに、潤が毛布の中から右腕を出す。手首に手錠が掛けられていた。

「武史の仕業《しわざ》なんだな？」

「…だと、思います。話してて、意識失って、目が覚めたらここにいました」

「そんな格好で寒くないのか？」

白いバスローブしか潤は着ていない。

「毛布がとても温かいので、大丈夫です」

「腹は？　腹は空いてないのか？」

「パンと缶ジュースがドッサリと……」

ジャラジャラと音を立てながら、潤の右手が自分の左横を指す。指された場所に勇一が懐中電灯の明かりを向けると、一体何日分だと頭を傾《かし》げたくなるような量の菓子パンと缶ジュースが置かれていた。

「あいつは何日ここに閉じ込めておくつもりだったんだ？　何を考えているんだか」

確かこの辺に、と呟きながら勇一が小屋の電灯のスイッチを探す。

「電気、あったんだ……」

裸電球だったが、小屋全体に明るくなった。

「今、それ外してやる。ちょっと待ってろ」

手錠の鍵はなかったが、勇一は針金で解錠することができる。こんなこともあろうかと、袂に十センチ程の強度のある針金を忍ばせていた。

「せっかくですが、いいんです。外さないで下さい」

「どういうことだ？　ココから出たくないとでも言うつもりか？」

「はい」

迷いもなく力強く返事をされ、勇一は大いに戸惑った。

「なぜだ？　早く出たいだろ？　お前泣いていたんじゃないのか…その…まあ…顔に、泣いた跡がある」

「えっ？　泣いてたのバレバレ？　恥ずかしいな。最初、パニクってしまったんです。ここがどこか分からないし、誰もいないし」

でも、と潤が笑みを浮かべる。

「少し冷静になって黒瀬の仕業だと思い当たると、嬉しくなっちゃって……」

ちょい、待て！　今嬉しいって、言ったか？

勇一は自分の耳を疑った。

「市ノ瀬、頭をどこかで打ったのか？　思考がかなり変だ」

「そうですか？　なぜこんなことしたかって考えると、俺、愛されてるな〜って」

俺は珍獣を発見したのか？

そういえば、勝貴が『バカップル』と評していたが……あながち外れでもないようだな……

「愛されているも何も……、こんな暗いところに一人置かれ、恐くて不安だったんじゃないのか。もう七時近いぞ？　このままずっと放っておかれたかもしれないんだぞ？」

「黒瀬は俺に、本当の意味での危害を絶対加えない。俺、信じてますから。このパンの山がなくなるまでには必ず顔見せてくれるって」

そうは言ってもな、アレは〝武史〟なんだぞ？

普通とは違うんだ！

「とにかく、出よう。右手貸せ」

「だから、言ったでしょ。このままでいいんです。俺は出ませんよ。黒瀬が連れてきたんだから、黒瀬が俺を繋いだんだから、黒瀬が自分で外すまで、俺はココにいます」

「なぜだ？」

「黒瀬が納得してくれないと嫌なんです。じゃないと、意味ないと思うんです」

「…分かった……。市ノ瀬は強いな…武史ももうすぐ来るから……」

引かないであろう潤を、説得するのは止めた。

「一つ訊いてもいいですか？」

「何だ？」

「ここ、どこですか？　どうして俺がここにいるって組長さんに分かったんですか？」

「ここは、桐生の本宅だ。お前たちも泊まっただろ？　その庭にある小屋なんだ…武史の背中の傷は、この小屋で付けられたんだよ……」

「そうだったんですか……」

離れから脱走する時、黒瀬が庭の奥に見える小屋を険しい顔で見ていたことを潤は思い出した。

「ここが、そうだったんですね」

「あぁ。あと、市ノ瀬がこの小屋にいることを突き止めたのは優秀な俺のワイフだ」

「ワイフって、時枝さんでしょ。そんな呼び方したら怒りますよ。黒瀬、かなり絞られていそう……」

「だろうな。ウチのは怒るとコエ～からな。武史も気の毒に。まあ自業自得ってやつだ。じゃあ、二人が来るまで、一緒に待つとするか」

「申し訳ないです。ご迷惑をおかけしました」

「いや、迷惑かけているのは、こっちだ。本当にスマン。武史の兄として謝る」

二人して謝りあいこして、吹き出してしまった。結局兄弟・恋人の違いはあれど、二人とも黒瀬を愛していることに変わりはない。

「組長、携帯ぐらい所持して下さい。母屋まで行ったんですよ」

小屋に着くなり、時枝は潤を気遣うことなく勇一にお小言をくらわした。

「わりぃな。部屋に忘れてきた。お、武史も来たか」

時枝の後ろから、悪びれた様子もなく黒瀬が入って来た。

「……黒瀬、来てくれたんだ。嬉しい」

黒瀬の姿を確認した途端、潤の顔が綻ぶ。

「潤……」

潤の泣き跡残す笑顔が、黒瀬の心に後悔としてグサリと突き刺さる。

「黒瀬、寂しかったぞ？　あ〜、良かった。やっぱり、少しでも離れるのは辛いよな」

言葉が続かず立ったままの黒瀬に、潤が一人で話し掛ける。

「俺、まだここにいた方がいいのか？　黒瀬がこの小屋に俺をまだ閉じ込めておきたいなら、俺はここにいるよ」

「バカなことを……」

それまで潤に声を掛けなかった時枝が、声を洩らす。

「組長、あなた、今まで何をしていたのですか？　さっさと市ノ瀬さまを保護してくれればいいものを」

ギッと、時枝が勇一を睨みつけた。

「おいおい、俺を睨むなって。市ノ瀬が嫌だと言うんだから、しょうがないだろ」

「まったく、この二人の思考にはついていけません」

「同感だ。ということで、俺たちは戻ろうぜ。お前も明日から会社だろ？　忙しくなったら会えないいんだ。今夜は俺に付き合え」

「今夜はって、昨夜も付き合いましたけど？」

「お前、体力ねえな。もうギブかよ」

「そんなわけないでしょ」

「じゃあ、決まり。武史たちのことは二人で話し合えばいい。こんなの痴話喧嘩だ。って、喧嘩にもなってないけどな。離れに布団を敷いててやるから、お前ら今日はそこでゆっくり話し合え。分かったか？　これは、組長命令だからな」

黒瀬は何も言わない。返事もしなければ、勇一を見てもない。ただ、無言で潤を見つめていた。代わりに潤が口を開く。

「お気遣いありがとうございます。何から何まで申し訳ありません」

「謝りあいこはもうなしだ、市ノ瀬。お互いさまだろ？　いや、前にお前に玉は付いているのかと訊いたが……悪かった。俺はお前は〝漢《おとこ》〟だと思う。なんなら、組に入るか？」

「駄目です」

潤ではなく時枝が答えた。

「さあてと、行くか」

でも、と渋る時枝を勇一が強引に連れ出した。

「……」

無言で突っ立ったままの黒瀬の右頬に、涙が筋を作っていた。

「黒瀬？」

正面から黒瀬の泣いた顔を見たことはなかった。泣いているのを感じたことはあっても、涙を見たことはなかった。手錠と鎖で繋がれた右手を黒瀬に伸ばしたが、ジャラジャラという音だけで届かない。黒瀬の涙を指で拭ってやりたかった。

「黒瀬、こっちに来て」

潤が黒瀬を手招きする。黒瀬が少しずつ、潤に近づく。

「立つと、寒いんだ。黒瀬、俺の前に屈んでくれる？」

潤の前に黒瀬が腰を下ろすと、潤の指が黒瀬の涙を拭った。すると、今度は黒瀬の左の頬に涙が流れ、地面に落ちた。

「黒瀬、会いたかった…寂しかった……」

潤が黒瀬を抱き締めた。

「…なぜだ、なぜ怒らない……」

やっと黒瀬が言葉を発した。それはまるで、悪戯をした子どもが親の様子を窺っているような少し拗《す》ねた言い方で、潤は初めて黒瀬を可愛いと思った。自分より大人で、自分の数倍も厳しい世界に身を置いている黒瀬に、こんな一面もあるのかと正直驚いた。

「怒る理由がないだろ？」

愛しさが込み上げてきて、黒瀬の背中を手錠が填ったままの右手で上下にさすった。

「黒瀬は温かいな……クションッ」

「…私のせいで……。潤、手を貸して。離れに行こう。ここは冷える……私と一緒に行ってくれるかい？　私と一緒は嫌かい？」

「もう、何を聞いてたんだよ。会いたかったって言っただろ？」

黒瀬の背から手を外し黒瀬の前に出すと、黒瀬が鍵を取り出し手錠を外した。

「怒ってはないけど……ごめん」

ビシッ！

潤が自由になった右手で黒瀬の頬を引っぱたいた。

「……潤」

驚いた黒瀬が頬に手をあて目を見張る。

「駄目だろ？　人に迷惑掛けちゃ、って、偉そうにゴメン……。いつも迷惑かけてるの、俺の方なのにな。でも、叱ってほしそうだったから」

「…ふふ…、ふふふ……、やはり、潤は最高だ…私には潤だけだ……」

笑いながら大粒の涙を零した黒瀬が、潤を毛布ごと抱き上げる。

「バカ、当たり前だ」

憎まれ口を叩きながら、黒瀬の首に落ちないようにと腕を回した。

黒瀬が小屋の電灯を消し歩き出す。黒瀬の頬を伝わる涙が落ちてきて、潤の顔を濡らす。まるで潤までが泣いているようだった。


「本当に行くのかい？　今なら、まだ間に合うよ？　せめてあと一週間ぐらい、こっちにいても……」

駄々をこねた黒瀬も、結局は潤の意思を尊重した。

「昨日、話し合っただろ？　ほら、手を貸して」

潤が黒瀬の手を取り、自分の服の下に案内する。

「触って、ちゃんとここにピアスあるだろ？　これ、俺が黒瀬のものだという証だろ？あっ、バカ引っ張るなよ。駄目だって…アン……」

「ふふ、潤の乳首、尖ってきた」

服の下で、黒瀬の指先が潤の乳首を弄《もてあそ》ぶ。

昨夜、しつこく弄られいつもより敏感になっているそこは、簡単に反応してしまう。

「あなたたちは、何やってるんですか！　ここをどこだと思っているんですか！」

駅のホームでイチャつく二人に、時枝の叱り声が飛ぶ。

「もちろん品川駅」

「あ～あ、また怒られたね。時枝さんの声も当分聞けないと思うと寂しくなる」

「潤、それを言うなら、『せいせいする～』じゃない？」

「社長！」

お～こわっ、と黒瀬が戯けてみせる。

「時枝、悪いんだけど、邪魔しないでくれる？」

「はいはい、邪魔しませんから、破廉恥な行為はお慎み下さい」

時枝が数歩下がる。が、見張ってないと、何をしでかすか分からないので、その目は二人を凝視していた。

「な、こっちは、三月の黒瀬の誕生日に必ず着けてくれよ？　忘れるなよ？　楽しみにしてるから」

時枝の目から隠れるように角度を変え、潤が黒瀬の手を右の乳首に誘導する。

三月三日が黒瀬の誕生日で、それに合わせて休みを取ると昨夜約束した。潤の誕生日に渡されたピアスを黒瀬の誕生日に装着しようという話になった。福岡と東京、飛行機を利用すれば、会おうと思えばいつでも会える。ただ、多忙な黒瀬が時間を作ることは難しい。ただし、自分の誕生日は必ず休みを取ると、すでに時枝には宣言している。

「ああ、必ずこの手で着けてあげる。左右に揺れるアメジスト、想像しただけで襲いたくなる…潤……」

「…黒瀬……」

とうとう求める想いに耐えきれず、二人は唇を重ねてしまった。コッコッと時枝の靴音が近づいてくるのを、黒瀬が手だけで『シッ、シッ』と追い払う。

この二人に限り、人の目が気になるということは、決してない。周囲にいる人は皆、黒瀬と潤の熱いキスシーンに目を奪われている。二人とも人の目を惹く容姿をしているということも、同性同士だということも、まったく自覚がない。チラ見の傍観者たちは、映画のシーンを見入るように二人の抱擁に引きこまれていった。若い母親が子どもの目を塞いだまま、ウットリと見つめる仕草は、ある意味滑稽だったが、やはり一番滑稽なのは、それを提供しているこの二人だろう。

日本特有の大きなベル音と共に、新幹線が入ってきた。

「市ノ瀬さま、来ました。二人とも、離れて下さい」

身体を離さない二人を時枝が引き剥がした。

「忘れ物はございませんか？」

「荷物はこれだけだから。時枝さん、イギリスから今日まで色々とお世話になりました。グリーン席まで取っていただいて。黒瀬のこと、よろしくお願いします。あと、組長さんにもヨロシクお伝え下さい」

潤が時枝に頭を下げた。

「潤…本当に……」

「うん、黒瀬。俺、頑張って単位落とさないようにする。メールもするし、電話もするから、浮気すんなよ。じゃあ」

「潤……」

潤を見送るのはこれで二回目だ。決して最後じゃないと、黒瀬は自分に言い聞かせる。

潤も辛いのか、さよならという言葉は使わなかった。

新幹線の車両に乗り込み、自分の指定された席に着く。一度だけ黒瀬と時枝を振り返り会釈をし、そのまま前方を向いてしまった。

イギリスで黒瀬に助け出されてから、本当に離ればなれになるのは、これが最初となる。

走り出した新幹線の車両を見つめる黒瀬を、時枝は、この男、泣き出すんじゃないのかと、興味半分で眺めていた。

☆

潤が東京から福岡に戻って一ヶ月が過ぎた。

二月の節分も過ぎ、やっと長距離恋愛にも慣れてきた。側にいないことに慣れたというよりは、ＰＣカメラを使用したビデオ電話での会話や性行為、または一時間置きに入るメールに慣れたと言った方が正しいのかもしれない。

直接肌に触れられない寂しさはあったが、耐えられないものではなかった。

黒瀬の誕生日まであと一ヶ月を切った。それを励みに潤は大学の後期試験に臨んだ。単位を一つでも落とすわけにはいかない。今までテストといえば、友人からノートを借り、単位さえ取れれば優・良・可の『可』でもいいという考えだったが、ここにきて、潤の考えは変わっていた。多くの『優』を引っ提げ卒業したい。優秀な人材として、株式会社クロセに採用してほしいと思うようになっていた。できれば黒瀬のコネなしに、自分の力を試したいというのもあるが、たとえコネだとしても、後ろ指を誰からも指されないような成績を修めておきたかった。

あの晩――潤と黒瀬が本宅の小屋で話し合った晩、黒瀬は潤に何度も『いっそ東京で勉強すれば』と勧めた。潤の大学に通信コースがあることまで調べており、単位を取るだけならこっちでもできるだろうと提案してきた。だが、潤はそれは無理だと断った。自分の性格からいって、通信講座は向かない。だから、約束した。必ず、あと一年で卒業して、優秀な成績を携えて黒瀬の元に戻ると。

「イッチー、どうよ？　完璧？」

「まあまあかな」

やっと、今日全てのテストが終了した。あとはレポート提出の課題のみだ。そちらも下書きは終了している。

「だけど、ウチの大学も変わってるわな。外国語学部なのに、なぜに経済系の選択科目が多いんだ？」

仲の良い友人の剛《つよし》が呟く。

「私立だし、就職に有利に働く単位が多いってことだろ？　実際、語学だけじゃ就職不利だし」

「……確かに」

「はあ……、なんか大学受験以来勉強した感じがする……」

「イッチー、何か問題発言してないかい？　これって、大学入ってから通算六回目の試験なんですけど？」

「はは、今までが適当だったから……」

「オイオイ、それはマズイだろ。試験も終わったことだし、バイトないんだったら、パ～っと行きますか？　いい店見つけたんだ」

たまには友人と過ごす時間もいいかなと、二つ返事で受けた。この一ヶ月、試験勉強と黒瀬とのやりとりだけで、友人と夜遊びに繰り出すこともなかった。同世代と他愛もない話をするのも楽しいかと少し心が躍った。


「な、値段の割にいい店だろ？」

一軒目はいつも行く西通りにある居酒屋のチェーン店だったのだが、二軒目は友人の剛が新規開拓したという、中洲にあるバーに連れてこられた。どちらかといえば、ヤロー二人より、カップル向きのオシャレな造りの店だ。中洲にしては安い。そのため学生や二十代の若い会社員が多いようだ。

「お前いい店知ってるな」

「だろ？　情報誌やらネットを見て、色々開拓してんだよ。女の子連れ回すには研究も必要なんだ」

「へえ～」

「何、イッチー、研究しないのか？　いいよな、努力なしでモテる男は」

お言葉ですが、俺は女子にはあまりモテないんです、と心の中で潤は呟く。

「で、彼女、いつ紹介してくれるの？　できたんだろ？」

「俺に彼女がいるわけない。いないよ。もうずっといないって、お前知ってるだろ」

「嘘だ。最近できているはずなんだ」

嘘じゃない！

彼女はいないんだ！

いるのは、〝彼〟なんだ！

「なんだよ、その根拠は」

平然を装い、ジントニックの入ったグラスを口に運ぶ。

「根拠その一。いっつも誰かとコソコソメールしている。さっきも居酒屋でメールしてたろ？　根拠その二、雰囲気が変わった。イッチー色気が出てきた。根拠その三、付き合いが悪くなった。根拠その四、イッチーが真面目に試験勉強した。以上総合すると、イッチーには彼女がいるってことになる」

「ちょっと待てよ。根拠その一とその三は分からなくもないけど……あとの二つは何だ？」

なら解説してあげようと、少々芝居がかったふりで、剛が語り始めた。

「まずはイッチーの色気について。まるで、処女が、ヤる前とヤッちまった後みたいな、なんか違うんだよね。イッチーが童貞じゃないこと知ってるけど、それとは別にイヤらしい雰囲気が最近匂い立ってて、俺でも道を踏み外しそうになることがある。って、これはもちろん冗談だ。だから、彼女でもできて、毎晩セックスしているんじゃないかと、推測してみた。試験勉強については、就職のことを真面目に考え出したからに違いないと推測。彼女とかできると、結婚とかも視野に入ってくるだろ。すると、就職もちゃんとした企業じゃないとって、男なら考えるだろう？　つうことだ」

どうだ、俺の洞察力はと、最後には威張られた。

潤はかなり動揺した。自分で思っていた以上に、自分は変わったのかもしれない。

「いや……、剛の想像力の凄さには驚かされた……。安心しろ。紹介するような彼女はいないから」

「それって、紹介できない彼女ってことか？　お前、ソレって…まさか……」

何だ、何を言う気だ？

「年上の女と不倫か？」

「……は？　んなわけ、ないだろ！」

「ま、そういうことにしといてやろう。ふう〰〰ん、イッチーがね…イヤ、お姉さま方には可愛がられるタイプとは思っていたけど……うん、納得。そりゃ、色気も出るわな」

何だ、コイツは？

「違うって言ってるだろ！」

「ムキになるとますます怪しい。そうか、就活も頑張って、相手の旦那さんよりいいとこにってことか……イッチー、健気だ。俺、応援するから、頑張れ！」

「だから……」

否定するの、疲れた。相手が同性というよりは不倫の方がいいのだろうか？

もし、目の前に黒瀬がいたら、コイツの前でだって、キスも平気だ。

いっそ、見せつけてやりたいぐらいだ。

「いいよ、そういうことで……」

剛はかなり酔っているのか、一人盛り上がってきた。

「イッチーの報われない恋に乾杯！」

「叫ぶなバカ！」

自分でオススメと言ったオシャレなバーで、剛は大声で叫んだ。周りの客がクスクス笑っている。視線が痛い。

クソ……何が報われないだよ。十分、俺は報われているんだよ。愛されているんだ。

バ〜カ…、会いたいな……会って、黒瀬の肌に……

恥ずかしい友人を尻目に、潤も十分恥ずかしいことを考えていた。


「おい、真っ直ぐ歩いてくれよ、タクシー拾うか?」

「あん?　イッチーもう帰りたいのかよぅ、俺はまだ飲むぞ――ッ」

すでに泥酔状態の剛をどうしたものかと困惑しつつ、そろそろ自分のアパートに戻りたい潤だった。遅くなるとはメールを入れたが、きっと潤の帰りをPCの前で黒瀬は待っているはずだ。

祖母が高齢者用のケア付きマンションに引っ越したので、自宅は他人に貸し、その賃料で潤は大学近くのアパートを借りている。その部屋に早く戻って、黒瀬の顔を見たかった。アルコールのせいか、あるいは剛のふざけた『報われない恋応援エール』のせいなのか、今、潤は非常に黒瀬を欲していた。

クソッ……会いてぇ〜

「お開きにしよう」

「駄目だ〜、イッチーの恋バナがまだ終わってない!」

酔っぱらいはしつこかった。

「だから、彼女はいないって言ってるだろう!」

イテェ、何しやがるこの酔っぱらいが！

ホッペをギューッと引っ張られた。

「そんな可愛い顔して言われても、信じないもんね〜〜〜へへへ……」

こいつ、ホントに酔ってやがる。

「そんな可愛い顔して怒ってみせても駄目だから。そんな顔していると、こわ〜〜〜い お兄さんに誘拐されるぞ？」

「そんなわけあるか！　誘拐なんてそう簡単にされるもんじゃないんだよ」

……されたけど…凄く簡単に…でも、ここは日本だ！

「それが兄ちゃん、されるんだよ。残念なことにな」

背後から知らない声が割り込んできた。

えっ？　と、振り返ると肩を掴まれ、口と鼻に布を押し当てられた。

『…イッチー……ゴメン……』

薄れていく意識の中で、泥酔していたはずの友人剛の謝罪の声が小さく耳に届いた。

…ゆ…う……か…い…？

「取らなくていいのか？　さっきから鳴ってるぞ」

「…あ…ん…えっ？　…この着信音は…あぁ、もう、下りろっ！」

「て、言われてもな、中に入っている身としては…辛いモノがある」

「お前が、『取れ』って…バカッ、動くな…あっ……」

「『取らなくていいのか？』って一応訊いただけだ」

時枝の寝室。

時枝と勇一、それぞれの時間さえ都合がつけば、逢瀬《おうせ》を重ねているのだが、その時間を邪魔するようにさっきから時枝の携帯が鳴っている。

覆い被さる勇一を押しのけ、ベッド脇のテーブルで充電中の携帯に手を伸ばす。
ア、ア、ア、と声の調子を整えてから、応答した。
「はい、社長。深夜に何事ですか？　しつこく鳴らすぐらいですから、緊急事態ですよね……、分かりました。五分お待ち下さい」

「武史か。何事だ、こんな夜中に」

「呼び出しがかかった。というわけで、勇一ウエットティッシュで拭いてくれ。シャワー浴びる時間がない。お前、さっきの中に出したろ。それも処理しろ」

だから、ゴム着けろと言ったんだと、ブツブツ文句を言って大の字に横たわる時枝の身体を、勇一が言いつけどおりに、甲斐甲斐しく清拭する。

「…あぅっ、こら、このバカッ。感じさせてどうするんだ。事務的にやれ。拭いたら、デオドラントスプレーも頼むぞ」

文句の多いヤツだ、と手を動かしながら勇一が心の中で呟いた。すかさず、

「何か言ったか？」

見透かしたように時枝の声が飛ぶ。

「スプレーぐらい、自分でできるんじゃないのか？」

「お前、自分のテクに自信がないのか？　自分が上手過ぎて、コイツはその熱を冷ますのに必死なんだ、ぐらいのことは想像しろ」

「難しくてよく分からんが、ようは身体の火照りを鎮めてるってことか……はい、一丁上がり」

途中で中断するはめになって、正直時枝は辛かった。冗談じゃなく、日に日に身体が勇一に馴染んでいき、勇一のテクにいい意味で啼かされている。まだ一ラウンド終わったばかりで、さあこれからという時の呼び出しだった。

なんとかクールダウンした身体を起こすと、衣類と眼鏡を身につけた。

「行ってくる。お前どうする？　帰るか？」

「待ってるから、戻ってこいよ」

「それは状況次第だな。こんな時間に呼び出すぐらいだから、簡単な用件じゃないだろ」

「朝までは待っててやる」

「てやる、っていう言い方が気に入らないが、時間がないので許す。適当に寝てろ。じゃあ」

大事じゃなければいいけどな、と勇一は時枝を見送った。その一方で、『勝貴の痴態をおかずに一回は抜けるな』と、一人寂しく残されたベッドで自分の一物に手を這わす。そう、勇一もイイところで中断されて、スッキリしない状態だった。


「社長、何事ですか？」

書斎で待つ黒瀬の元へ急いで行くと、黒瀬はマホガニーのデスクに肘をついて頭を抱え項垂《うなだ》れていた。

「ヤってる最中に邪魔して悪かったな」

「ヤってるって、何ですか？　寝ていただけです」

「ふうん。兄さんに可愛がってもらっている最中だと思ったけど」

何で、バレているんだ？

匂いはしないハズだ。

「そんなことより、こんな時間にどうしたのですか？」

挑発には乗らず、本題に入る。

「…取れない。……潤と連絡が取れない」

は？　それだけのこと？？？

「詳しくお話しいただけますか？　大騒ぎする理由が分かりかねますが？」

連絡が取れないって、今日も一時間置きにメールでやりとりしていたじゃないか！

数時間取れてないだけの話じゃないのか？

市ノ瀬だって大学に通っているんだから、付き合いもあるだろうし、まあ、この時間なら、寝ていることもあるだろうし。

俺が勇一と引き剥がされた理由が、まさかこれだけってことは……ないよ……な？

「今日、潤の後期試験が終了した。その後、友人の一人、性別男と飲みに繰り出したらしい。そこまでは良しとしよう。もちろん、嫉妬はしているが、それを口に出して心が狭いと思われるのも嫌だったので、『楽しんでおいで』と、伝えた」

「それで？」

「最後に連絡を取ったのが、十一時頃だ。十二時には部屋に戻っているからビデオ電話で会うことになっていたのに、繋がらない」

「それだけですか？」

「時枝、冷たい……。だけじゃないだろ。おかしいだろ？　それだけじゃないんだ
……」

にして。
それだけだったら、殴ってやりたい！　と時枝は思った。実際に殴るかどうかは別
にして。
湧き上がるイラ立ちを抑えて、冷静な声で次を促した。
「ＰＣ回線だけじゃないんだ。部屋に電話しても出ない。携帯には電源が入っていな
い。ＧＰＳが使えないんじゃ、どこにいるのか把握できない。おかしいだろ。家にい
ないことは確かだ。ならまだ外にいるってことになる。変だろ？」
確かに少しおかしいかもしれない。
黒瀬からの電話やメールを市ノ瀬が賑やかな場所にいて気付かないというわけでも、
寝ていて気付かないというわけでもなさそうだ。
友人と飲むからといって携帯の電源をオフにするとは思えないし、時間毎のやりと
りのために、市ノ瀬が充電を欠かすことはないはずだ。今までだって、バッテリーが
切れて通じないということは一度もなかった。じゃあ、考えられるのは、電波が届か
ない場所ということになるのだが、イギリスでの拉致のこともあり、特殊な携帯を持
たせているので、地下街でも山林でも場所がキャッチできるはずなのだ。電源さえ入
っていれば。
考えられるのは、市ノ瀬が故意に連絡を取れないように電源をオフにしているか、
「他に何か？」

あるいは第三者が取れなくしているかだ。

「PC回線と家電だけだとおかしくはないのですが、携帯の電源となると確かに少し妙ですね。市ノ瀬さまが自ら電源を切るとは思えませんし」

「ブルーが関係している可能性が……あると思うか？」

　イギリスでの潤の拉致は、青龍、通称ブルーがいたが、ブルーだってバカじゃない。もうすでに報復を受けている。これ以上黒瀬の周りを彷徨《うろつ》くと、青龍は間違いなく潰される。

「勇一は、いえ組長は、『窮鼠猫を噛む』とおっしゃっていましたが、その可能性は低いと思います。幹部を失い、内部が揉《も》めている最中ですから。もう、市ノ瀬さまのことも社長のファミリーとして情報が流れていると思います。バカなことはしかけてこないでしょ。それこそ、緑龍が黙ってないでしょうし」

　はあ、と時枝の専売特許の溜息を黒瀬がつく。

「……だとすると」

「はい、もっとタチが悪いですね。そこまで大きな組織が関係しているとは思えません。チンピラ程度か一般人の犯行か」

「犯行って、時枝、まだ事件に巻き込まれたとは決まってないじゃないか……」

　これだけ大騒ぎしておいて、この男は何を言っているんだ？

「お言葉ですが社長。何かあったと思うから私を呼びつけられたのでしょ。友人同士でも監禁したり殺人を犯す事件が多いんです。あなたに関係してなくても、トラブルに巻き込まれる可能性はある。市ノ瀬さまの容姿からして、不埒なことを考える輩もいるでしょうし。以前のあなたのように」

「言ってくれるね……。俺絡みじゃないとすると、最悪……」

もう生きていないことも……

そんなはずはない、ただちょっと連絡が取れてないだけじゃないか！　と、黒瀬は言葉をのみ込んだ。

「市ノ瀬さまは誰かとご一緒だったんですよね。まずはその辺りから攻めてみましょう。社長絡みなら、向こうから必ず連絡が入るでしょう。社長、大丈夫です。市ノ瀬さまは生存されてますから、バカなことを考えずに様子を見ましょう。あなたに見初められたという、悪運と強運を持ち合わせた方です。一日経っても連絡が取れないようなら、一旦私が福岡に出向きます」

「俺が行くッ！」

バンッとマホガニーの机を叩いて黒瀬が立ち上がった。

「駄目です。落ち着いて下さい。あなたらしくもない」

お座り下さい、と時枝が黒瀬の肩を押さえつけた。

「社長絡みだとして、こちらが慌てたら相手の思うツボです。市ノ瀬さまを危険に晒すおつもりですか？　朝になったら市ノ瀬さまから、連絡があるかもしれませんよ？　トイレに落として携帯が壊れたとか」

慰めるつもりで口にしてから、『しまった！』と時枝の目が泳ぐ。あの携帯は防水だった。

「時枝、俺を励ましたいのか、落ち込ませたいのかどっち？　とりあえず、下に兄さんいるんだろうから、ブルーの可能性も一応調べておいてくれ。あとは朝になってからしか動きがないだろう……はあ、やはり帰すべきじゃなかった……」

「社長が溜息ついてどうするんですか。それこそ幸せが逃げますよ。しっかりして下さい」

「ああ、そうだった……」

こんなに狼狽えた黒瀬を見るのは、初めてだった。

これが誘拐とハッキリしているなら、怒りの対象もあるのだろうが、何がどうなっているのか分からない、ただ連絡が取れないだけという状況では、怒りを向ける矛先がない。普通に知人と連絡が取れない、携帯が通じない。これは、ままあることだ。しかし、黒瀬と潤の間でそれはあり得ない。すぐにでも行動に移したいのだろうが、情報も手がかりもない段階では、待つのが一番の策、黒瀬も経験上分かってはいるはずだ。だが、これが最も辛いことだと、黒瀬の顔は語っていた。

「もうお休み下さい。と、申し上げたところで、寝るどころじゃないのかもしれませんが……身体を休ませてあげないと、いざという時に動けませんよ」

「……そんなにヤワな俺じゃない……」

「そうですか？　じゃあ、コーヒーでもお持ちしましょう」

「ああ、濃いめのブラックで頼む」

では、と書斎を後にした時枝は黒瀬のキッチンではなくて、階下の自分の部屋のキッチンへと向かった。

「勝貴、何してんだ？　思ったより早かったな、何事だったんだ？」

音に気付いて勇一が姿を見せた。

「悪いが話は後。えっと、確かここに……、あった」

カップボードの引き出しから、小瓶を取り出し、中の粉末をコーヒーカップに入れた。それから、ドリップでコーヒーを抽出しカップに注いだ。

「いい香りだが、俺に一服盛るつもりか？」

「残念ながら違う。社長にだ。武史をこれで」

「殺すのか？」

時枝の鉄拳が躊躇なく勇一の頭に飛んだ。

「バカか、あれが盛ったぐらいで死ぬか。武史だぞ？　冗談はさておき、これは睡眠薬だ。朝まで起きてる勢いだからな。眠剤を仕込んで無理にでも寝させる」

「何だかよく分からんが、武史の神経が昂ぶっているということか」

「ああ、そうだ。すぐに戻るから、起きて待ってろ。話がある」

「えっ、話だけか？」

　この非常時に、眼球にハートマークを浮かべた勇一へ二回目の鉄拳が飛んだ。

　痛そうに踞る勇一を無視して、時枝は黒瀬の元へコーヒーカップを片手に戻った。

「社長、お持ちしました」

　照明を落とした書斎で、黒瀬は焦点の定まらぬ目でPCの画面を眺めていた。画面の明かりが白く黒瀬に反射して、黒瀬の整った顔が黒い部屋で不気味に浮かび上がっている。

「ここにカップを置いておきます。朝まで動きがあるとは思えませんので、少しは寝て下さい。では、下に戻ります。ブルーの件はお任せを」

　一人残すのは心配ではあったが、コーヒーを口にすれば寝るだろうと、勇一の待つ自室へと戻った。

「勇一、こっち来い。話を聞かせろ！」

黒瀬の部屋から戻って早々、時枝はまだキッチンにいた勇一を寝室に呼びつけた。

「何を怒ってるんだ？　俺浮気とかしてないぞ？　……何かしたっけ？」

「ゴチャゴチャぬかすな。香港だ。ブルーの話聞かせろ。ちなみに、俺は怒っているんじゃない。イラついているんだ、愛人ならそれぐらい分かれ」

「……愛人？　はい？？？　誰が？」

「そこで話を区切るな。お前、俺の愛人だろ？」

「あの、勝貴さま、私、いつあなたさまの愛人に？」

気持ち悪い口調で、今更のことを訊かれ、本題に入れないイラ立ちが時枝を襲う。

「セックスフレンドって、愛人だろうが」

「セックスフレンドは愛人じゃないし、俺たち、セフレはもう卒業したんじゃないの？」

「いつ、卒業したんだ！　さっきだってしたじゃないか。だいたいこの一ヶ月以上、会えば必ずお前突っ込んでくるくせに、卒業なんてよく言えるな！」

鼻息荒く喰ってかかる時枝に、落ち着けと勇一が宥める。

「そりゃ、会えば毎回突っ込ませていただいてますが、それって溢れる愛情と欲情の表れだろう？　そういう関係ってさ、別名『恋人同士』って言うんじゃないの、頭脳優秀な秘書さん？」

「気持ち悪いこと言うな！　何で俺とお前が、恋人同士なんだっ！」

叫びながら振り上げた拳を、勇一の手が封じ込める。

「そんなに真っ赤になって叫ばなくてもいいのに。照れちゃって、勝貴、可愛いっ！」

時枝の手首を掴んだまま、片方の手で時枝の身体を引き寄せ、朱に染まるその顔に勇一が口づけの雨を降らす。

「ヤメロッ、こらっ、勇一！　ぁあっ…うっ」

騒ぐ時枝の唇を勇一が塞いだ。勇一の舌が時枝の口内をまさぐり始めると、時枝の身体から力が抜けた。中途半端に終わったために無理やり鎮めた熱が再び燻《くすぶ》り出した。激しい勇一のキスはいつも時枝から理性を奪おうとする。絡みついてくる舌から逃げることを、時枝の身体が拒否する。不意にされたキスだというのに、抵抗できない自分が不甲斐なく、逃げられないならと自分から求めるように貪ってしまう。

時枝が溺れきったところで、勇一が離れた。

「こんなキスができるのは、恋人同士だからだ。認めろよ。恋人をすっ飛ばして嫁でもいいぞ？」

「……勇一、こんな状況で卑怯だぞっ、中途半端に終わらせる気か！」

「認めろ。勝貴、な？　どうせもう家族じゃねぇか。今更愛人とかセフレとか止めようぜ」

「……お前が最初に言ったんだろうが、卑怯者！」

「だから、最初だけだっつうの。いきなり恋人とか言うと、お前嫌がるだろ？　もっとも、愛とか恋とかより、俺たちゃ、深い関係だと思うけどな」

「そこだけは、賛成する…だから……」

これ以上、昂ぶった身体をほっとくなと、今度は時枝が勇一を押し倒した。

「『嫁』だけは口にするな。パートナーだ！」

時枝が勇一を睨み付け、勇一の唇に噛みつくように吸い付いた。

「…ン…」

「…勝貴…、エロい、…このまま、最後までしてもいいか？」

口内からの官能が伝播し勃起したモノを、二人して窮屈な下着の中から解放していた。二人の下半身はヌルヌルに濡れ、それをどちらともなく擦り合わせた。

「…話を…聞かないと……、話が……あるんだ…よっ…」

「この状態でか？　そんなの後だ。勝貴が欲しがったんだろ？　俺を押し倒したくせに」

勇一が上にいた時枝を転がし馬乗りになると、双方の身体から衣類を全て取り除いた。

勇一の手がこのままじゃイかせないと、茎の根元を二本一緒に握り締める。

「…欲しいさ…。挿れろよ…あ、…その代わり、激しいのがいいからな、…さっきの

ぶんを補えよ…あと、話は絶対するからな……、俺が失神したら、…必ず起こせッ…」

「お望みどおり、させていただきます」

指で解さなくても、二回目のそこはもう小さく口を開いていた。先端で、確認をするとググッと勇一が突き進んだ。

「…あぁああ、勇一、くそったれっ！」

「うっ、イイ。勝貴、マジ最高……」

潤の安否を気遣っている黒瀬、激しい営みに身を任せている時枝と勇一、マンションの階を挟んで双方共に眠れない夜となった。


「そうか、じゃあブルーの可能性はやはり低いということか。となると……」

結局夜どおし、身体の交流に明け暮れた時枝と勇一が、香港マフィアの青龍、通称ブルーと潤の失踪の関連性について話をしたのは、早朝の四時を回ってのことだった。

「だったら、別のルートか事故か……あるいは」

「市ノ瀬が武史と別れようとしているか？」

勇一の言葉に、言った本人も時枝も固まる。

「……」

「……まさかな…忘れてくれ」

変な間が空いた後、二人してハハハハと乾いた笑いを洩らした。

「それで、睡眠薬か」

「そういうことだ。無理にでも眠らせないと、仕事に差し支えるからな。もしかしたら、今日にでも動きがあるかもしれないし」

「だったら、勝貴も少し寝ておけ。このままじゃ、辛いぞ？　起こしてやるから」

勇一は、発散するだけ発散して、気分爽快だった。しかし、それを受けた側の時枝の身体には、爽快感と共に相反する疲労感も残っていた。

「いいのか？　組に戻る時間が遅くなるぞ？」

「甘えてくれよ、な、勝貴」

実際、時枝は睡魔に襲われていた。

「じゃあ、六時には起こしてくれ」

任せとけと、勇一の胸に抱きすくめられ、そのまま短い眠りについた。

「おい、起きろ。勝貴、起きろ。様子がおかしい」

ん？　もう時間か…まだ、眠い……

「起きろ、勝貴！」

パチパチと頬を叩かれ、重い瞼を上げると、慌てた様子の勇一の顔があった。

「ん、どうした？」

「武史がいない」

「……どういうことだ？」

まだ、思考が正常とは言えない寝呆けた頭でも、何やら緊急事態だということが理解できた。

「朝食を作ったから、様子見がてら武史のところに行ってきた。……姿がない。いないんだ」

「寝ているんじゃないのか？　眠剤でぐっすり寝ているはずだ」

「コーヒーに口を付けてなかった。それに……」

これ見てみろ、と携帯電話を勇一がベッドの上の時枝に投げた。受けとった時枝が身体を起こし、携帯をチェックした。

「これは、社長の……」

「書斎の机の上にあった。中見てみろ」

履歴やメールの送受信が全て削除されている。何もない。

「どういうことだ？」

「姿を隠したんじゃないのか？　履歴を消しているところを見ると、何者かから連絡があって、それを俺たちに知られたくなかったか……」

「つまり、呼び出された。一人で来いと」

時枝がベッドから跳び起きる。

なぜ、秘書の俺に相談しなかった？

連絡が夜のうちにあったということか？

自分一人で決めたということか？

今まで何か問題事が起きれば、時枝には一言あった。無断で姿をくらませたということが、時枝には信じられなかった。

呼び出されたとしても、どこかにメッセージがあるはずだと、黒瀬の部屋へと急いだ。

「そんな……」

最後に黒瀬と会った書斎にも、寝室にもリビングにも主の姿はなかった。

整然と片付けられ、書斎の机の上には冷め切ったコーヒーが、時枝が置いたままの状態で残っていた。

そうだ、パソには何が残っているかもしれないと、パソコンの電源を入れてみたがパスワードが変更されており、中を開くことができなかった。

黒瀬の行き先を突き止めるべく、時枝は使えるコネと手飼いの情報屋を最大限利用した。その一方で黒瀬の不在を不自然でないものにするために、架空の長期出張をでっち上げ重役たちに伝えた。裏の仕事で会社を留守にする時によく使う手だ。潤の介抱のため、イギリス出張を長引かせた時にも使った。しかし、今回はいつもとは違った。秘書の同行しない出張など実際はあり得ない。長期になるので、あえて時枝は会社に残り、現地に秘書代わりの者が待機していると、苦しい辻褄合わせをした。

外部に漏れるとマズイことになる。

トップが行方不明の会社となると、株価にも影響を与えるだろうし、仕事上の交渉・契約に不利だ。これを機にクロセを潰そうという動きも出てくる可能性もある。急成長を遂げたクロセを快く思わないライバル会社はいくつもある。ライバル会社でなくても、吸収合併の話はいつも出てくる。それほど、クロセは他の会社から見て脅威でもあり、また懐《ふところ》に入れたい魅力的な企業でもあった。

自分が先頭となって、黒瀬の行方を追いたいのが時枝の本心だったが、社長不在の穴埋めのため、時枝は会社から出ることができなかった。黒瀬が無事戻るかも分からない状況で、黒瀬と市ノ瀬の安否で押し潰されそうになりながらも、何か動きがあるのを待った。

勇一は勇一で桐生の組織力を使い、黒瀬と潤の足取りを追った。

黒瀬が失踪してから二日が経った。

黒瀬が深夜タクシーで空港に向かい、韓国を経由して福岡に入ったことまでは分かった。なぜ韓国に向かったのかは不明だが、もしかしたら、行き先を誤魔化すためかもしれない。とにかく福岡に降り立ったことは確かだ。そこからの足取りが掴めず、時枝と勇一はイラ立ちと不安を抱え込み、さらなる情報収集に神経をすり減らしていた。

「室長、時枝室長」

「悪い、ちょっと考え事をしていた。なんだ」

「外線にサッパリ用件が分からない電話が。室長の名前を連呼されてます」

秘書室の社員が電話を保留にして、喫煙ルームにいた時枝を呼びにきた。時枝はイラ立ちを抑えるために普段吸わないタバコを口にしていた。

「社長室に繋いでくれ」

嫌な予感がして、人気《ひとけ》のない黒瀬の部屋で出ることにした。

「お電話替わりました。時枝です」

『おたく、時枝さん？　株式会社クロセの時枝さんって、あんた？　間違いない？』

「はい、時枝は私ですが」

『あんたさあ、市ノ瀬っていう人知ってる？　頼まれて、電話してるんだけど』

潤の名前を聞かされて、時枝の受話器を握り締める手に力が入る。

「はい、存じ上げておりますが」

『俺、漁師やってる者だけどさ、うちでその市ノ瀬さんを保護してるんだ。とてもじゃないけどさ、起きられる状態じゃないんだよ』

「彼は無事なんですか？」

『命ってことなら、無事なんだけど。電話で詳しく話せるような状態でもないんだな、これが。警察に届けようかと思ったんだけど、本人が嫌がるし、病院もイヤだって言うし……』

「つまり、普通の状態じゃないと」

『あぁ。話すのもやっとみたいだ。クロセという会社の時枝さんに連絡を取ってくれって、それだけを繰り返しててさ。番号も分からないって言うから、俺が調べて、電話しているんだ』

「お手数かけました。すぐに迎えに参りますので、詳しい住所を……はい、はい、あ、分かります。あの辺ですね。うちの福岡支社から近いです。ええ、今からすぐ発ちますので、夕方には着くと思います。ご連絡ありがとうございました。お手数をおかけしますが、よろしくお願い致します」

途切れていた手がかりが、時枝の元に舞い込んできた。自分一人で福岡に発つつもりでいたが、自分同様に心配しているはずの勇一にも一報を入れると、勇一も同行すると言い出した。

　羽田空港で落ち合い、空路福岡に向かった。

「組は大丈夫なのか？」

「心配するな。佐々木に任せてきた」

　それはそれで心配な気もするが、あえて口には出さなかった。

「市ノ瀬の状態はどうなんだ？」

「電話の主が言うには、起きられる状態じゃないらしい。一体、何があったんだか……」

「武史のことは？」

「分からない。市ノ瀬に訊くしかないだろう。社長の行方不明と市ノ瀬が保護されたことは何らかの関連があるってことは言えると思うが……」

「こうして、二人で遠出するのが、ハネムーンだったら良かったのにな」

「……お前、アホだろ？」

　こんな時にふざけたことを言う勇一に、時枝の心が少し和らいだ。

　黒瀬が失踪してから、時枝は自分を責め続けていた。

　なぜ、あの時ちゃんと社長が寝付くのを見届けなかったんだろう。

自分に黙っていなくなるってことは、俺は信頼されてなかったんじゃないのか？　自分さえしっかりしていれば、黒瀬が行方知れずになることもなかったんじゃないのか？

口には出さなかったが、勇一はそんな時枝の苦悩を見抜いていた。可愛い自分の弟とその恋人の安否はもちろんだが、実は思い詰めた時枝の暴走も心配で、勇一は時枝に同行したのだった。

福岡空港へ降り立った二人は、タクシーに乗り込み教えられた住所へと向かった。

「あの、ごめんください」

返事がない。確かに電話で伝えられた番地の前に立っていた。

「ごめんください！」

おかしいなと、二人顔を見合わせていた時、背後に人気を感じた。

「おたくら、東京から？　時枝さん？」

手に買い物袋を提げた無精ひげでごつい体格の男が立っていた。いかにも海の男といった風貌だ。

「はい」

「待たせちまったかな。申し訳ない。ちょっと買い物に出てたもんで」

ポリポリと頭を掻きながら、荒々しい顔の男が照れた表情を見せる。あまりスーツ姿のビジネスマンと接する機会がないのだろう。どう接したらいいのか分からない様子だ。

「こちらの方は？」

「これは、友人です。一緒に来てもらいました」

時枝の紹介で勇一が軽く会釈をする。

「桐生と申します。突然押しかけて申し訳ございませんが、市ノ瀬のことが心配だったもので」

「さ、どうぞ、中へ」

男が鍵を開け、奥の部屋へと通された。古い木造の家だったが、中はきちんと整理整頓がされていた。

「なにせ、男の一人暮らしなもんで、殺風景だが……。この部屋だ」

色が所々変わった障子を開けると、和室の中央に布団が敷かれていた。反対側を向いているのか、頭だけが見えた。

「おい、東京から、来られたぞ。お前が待っていた方だろ？」

男が布団の主を抱きかかえるようにして上半身を起こした。男に支えられて、ゆっくりと細い身体が時枝と勇一の方を向いた。

「市ノ瀬…さま！」

「市ノ瀬！」

青い顔で、目元が落ち込みやつれ果て、死人のようになった潤の顔がそこにはあった。

品川駅で別れた時とは別人のような潤に時枝は驚き、勇一は「まさか？」とその顔を見てある疑いを持った。時枝と勇一の顔を確認した潤は、安堵からか、大粒の涙を零し、入口の二人に手を伸ばした。

「と…き…えだ…さんっ…ウッ……くみ…ちょう…さんっ…」

時枝と勇一が潤の元へ駆け寄ると、二人に潤が縋り付いてきた。

「くろ…せがっ、黒瀬がっ…ァアアアア…」

身体を震わせ、潤が泣き崩れた。

「じゃあ、俺は夕飯の準備するから。何かあったら呼んでくれ」

潤を支えていた男が、時枝と勇一に潤を預け立ち上がった。

「ありがとうございました。保護してくださった時の状況など、後ほど詳しく教えて下さい」

時枝が頭を下げる。

「ああ、分かった。水分を欲しがるから、そこに買い置きしてある。あとは…その言いにくいんだが、すりこぎ棒を与えてある。必要だったら使ってやれ。他に思い付くのがなかったもんで……」

困惑気味の表情を最後に浮かべ、男は潤たち三人を残し、部屋を出ていった。

すりこぎ棒？

時枝の頭の中ではクエスチョンマークが飛び、勇一の中では疑いが確信へと近づいていった。

「市ノ瀬さま、社長とお会いしたのですね？」

黒瀬、黒瀬と泣き続ける潤に時枝が優しく問いかけた。

「……黒瀬を…黒瀬を…助けてっ！　時枝さん、組長さんっ、…早く…黒瀬を…黒瀬がっ……」

「市ノ瀬、落ち着け。武史はきっと大丈夫だから、な、ゆっくり話してみろ」

勇一が潤の背に手を置き、落ち着かせようと上下に優しく擦る。すると泣いていた潤の身体がビクッとしなり、急に小刻みに震え出した。

「どうした？」

「…何でもない…から…。それより、黒瀬が…大変なんだよぅ…うっ…」

何かを我慢しているような苦悶の表情を潤が浮かべ始めた。

「…ごめんなさいっ！　離れてッ…下さい。俺に触らないでッ……」

潤が、力の入ってない腕で二人を払う。

「勝貴、離れろ。市ノ瀬が辛い」

「どういうことだ？　急にどうした？　何が起こってるんだ？」

いったん潤から離れた勇一が、潤の腕を掴み袖を捲った。

「これは……」

潤の腕の内側には、内出血を伴った注射痕が数個かたまってあった。

「打たれたな。だいたい何系かは見当はついているが……市ノ瀬、何を打たれたか分かるか？」

「…ブルー…バタフライ…て、ヤツら…言ってた…くっ……」

「やはりBBか。武史も打たれている可能性が高い……」

「おい、勇一、BBって言ったらやはりブルーが関係してるんじゃ……」

ブルーバタフライ、通称BBの製造元・元締めは青龍だ。ヤツらの資金源の一つだ。

「違うだろう。たまたまBBが使われただけだと思う。ブルーと武史の確執を知らないヤツらの仕業だろう。ブルーなら、わざわざ自分たちの身元を明かすようなブツを使って仕掛けてくるはずがない」

「…あぁ…はぁ…、違う…黒瀬は…、打たれてない…、ヤツら、ヘロインを使うって…言ってた…。こんな子ども騙しのヤクは使わないっ…て…。ヤツら…最初から……黒瀬を…狙ってたんだ……だから…、早く…黒瀬を…捜し出して…」

震える身体を押さえ込むように両腕を組み、潤は必死で訴えかけた。

「ヘロインか?」

「おい、勇一……」

時枝と勇一が顔を見合わせる。二人の表情が突然険しいものになった。

「確かに、急いだ方がよさそうだ。一分一秒を争う。市ノ瀬、お前の身体が今どういう状態か分かっている。後で楽にしてやるから、もう少し頑張ってくれ。まずお前に何が起こったんだ?」

勇一が焦る気持ちを抑え、潤に尋問を始めた。

覚醒剤に近い成分と強い催淫剤で合成されたBB。その濃度の強いヤツを数回に分けて打たれた潤の身体は、まだ体内に大量の成分が残留している。それが、体温の変化で覚醒し、潤を苦しめていた。

身体の奥から湧き上がる疼きに耐えながら、潤は必死で言葉を吐き出した。

後期試験の後、友人と飲みに繰り出し、その後誘拐されたこと。

港の倉庫に連れていかれ、そこで少年に出会ったこと。

秘密クラブと関係がある組織らしいということ。

潤の誘拐の目的が金銭ではなく、黒瀬を誘き寄せるための撒《ま》き餌だったこと。

黒瀬を殺すつもりはないが、ヘロイン漬けにするつもりだと漏らしていたこと。

一続きのセンテンスにならない潤の言葉を、勇一と時枝が拾っていった。

「で、社長は倉庫に出向いたのですね？　一人で現れたのですか？」

「…黒瀬…、罠って…知って…て……ぁう、俺…、黒瀬……の…前で…前でッ！」

潤は、助けに来た黒瀬の目の前で男たちに玩具を使って蹂躙された。

「市ノ瀬、落ち着け。お前が悪いわけじゃない。それで、武史はどうなったんだ？」

黒瀬が拘束され、潤が解放された。

もともと人身売買がメインの組織らしく、今回のことは誰かの命で動いているだけで、黒瀬さえ手に入れれば用済みと、あっさり潤を解放した。ただし、解放の直前にこれが最後だと、黒瀬の目の前でBBを打たれた。

クスリ漬けで欲望に支配されている潤の身体は、黒瀬の前で何の抵抗も見せず、注射針を皮膚に受け入れた。

『黒瀬…ゴメン……ゴメン…』

ダラリと身体に力が入らず、心の叫びが涙とともに小さな呟きとなって、口から漏れた。

『潤、私の潤…、泣かないで。潤を巻き込んでゴメンね…。潤が悪いんじゃないから……』

手錠と縄で拘束された黒瀬が、男たちと一緒に倉庫を出ていった。

『潤、今度は私がカプチーノ買いにいってくるよ』

『何、訳の分からんこと言ってるんだ！　さっさと歩け』

出て行く時、黒瀬が潤にこれが最後かもしれないという思いを残した。

……カプチーノ……

それはロンドンのピカデリーサーカスで潤が黒瀬との別離を決めた時に使った言葉だった。

クスリを打たれ、解放されたといっても過剰な欲望に征服され動けない潤だった。

朦朧《もうろう》となる視界の中、連れ出された黒瀬の姿と、黒瀬の言葉が何度も頭に浮かんだ。

「じゃあ、市ノ瀬はその倉庫に置き去りにされて、武史は連れていかれたんだな？

彼らの人数は？」

「……四人……」

「たったのか？」

「…俺は……四人しか…見てない…あっ…もう…身体が……」

「勝貴、市ノ瀬の身体、頼むぞ。俺は至急、武史を攫《さら》ったヤツらを追う」

「ああ、意外と手がかりがあったな。あと、市ノ瀬さまの友人のお名前を教えて下さい。彼が一枚噛んでいると思って間違いないでしょう」

「…彼が…何で…」

「理由は彼しか分かりませんが、ご友人を庇《かば》うのはこの際、止めて下さい。ヘロインとなると、本当に一秒を争うのです」

「…剛……、松山《まつやま》…剛…」

潤自身、彼が自分の誘拐を導いた張本人だと気付いていた。しかし、彼が黒瀬のことを知っているはずはないのだ。彼に何のメリットがあるというのか？

「松山剛ですね。勇一、その線からも頼むぞ」

「ああ、任せとけ。今回は桐生組の名が役に立ちそうだ。浮気にはならないから、市ノ瀬はその身体、勝貴に預けろ。身体が楽になると、思い出すこともあるだろう。勝貴も武史に遠慮はいらん。俺たちは家族だ。いいな？　困った時は助け合うものだろ？」

「…組長…さん…」

火照る身体に、欲望とは違う温かいものが込み上げてくる。

「分かったから、さっさと行け」

あなた行ってらっしゃいませ、じゃないのか？　とブツブツ言いながら、勇一は部屋を出ていった。

「市ノ瀬さま、失礼しますよ」

時枝が潤の上半身をゆっくり布団に押し倒す。そして、下半身を覆っていた布団を毛布共々剥がした。寝間着の裾がはだけ、その間から潤の白い太腿から先が剥き出しになっていた。太腿の間がシトシトに濡れているのが、一目で分かった。

「いいですね、今からのことは治療だと思って下さい。後々気に病むことのないように」

「あっ……」

時枝が潤の脚をぐいっと割り開いた。

「…これは、かなり辛かったでしょう。楽にしてあげますから。あなたはただ快楽に身を任せておきなさい」

時枝の目に映った潤の患部は酷かった。果物でいうなら、熟しすぎた柿といった感じだろうか？　潤の性器は勃ち上がり、先端から透明な汁が茎を伝い流れている。後ろの孔《あな》は、それこそジュクジュクといった感じで赤く爛《ただ》れていた。普通の男に催淫剤を用いたところで、後ろが反応をするということはないはずだが、潤の孔はとうに排泄器官としての働きだけではなくなっている。黒瀬を受け入れることで、もう快感の発生する立派な性器になっていた。自然に濡れるはずのないそこが、濡れているのは汗のせいなのか、前から伝わり落ちた先走りの汁のせいなのか、それとも興奮した内部の分泌液が滲み出ているのか、とにかくそこは潤んでいた。

――それで、すりこぎ棒か……

ここの主も気が利くというか、何というか……漁師というだけあって、肝が据わっている男でよかった……

敷き布団の横に置かれていたすりこぎ棒を手にとる。ボコボコの皮を残したタイプのすりこぎ棒は、確かに代用品になりそうだ。太さは黒瀬のものと比べものにはならないが、突起物が十分に快感を与えてやれるだろう。

「指、入れますよ」

片方の手で開いた潤の膝を押さえ、熟れた蕾に時枝が人差し指を突っ込んだ。

「うぁぁあ」

潤の中は想像以上に熱く、時枝の指を絡め取ろうとするように、内壁がまとわりついてきた。

「…あっ…あ……」

内部の様子を探るように指を動かすと、潤の腰がピクッ、ピクッと反応を示した。

「中も凄い状態ですね。分かりました」

潤を気遣ってか、事務的な口調で淡々と告げた。

「じゃあ、指よりマシなもの挿入しますから」

すりこぎ棒の先端を入口に押し当てると、少しの躊躇もなく、ブツッと中に押し込んだ。

「ァうっ…あ、あぁあぁあッ…あぁ…と…き…え…だ…さん…っ…」

押し寄せる淫靡な悦びのせいなのか、それとも身体を時枝に開いていることに心が痛むのか、潤の両目の端から涙が流れていた。

「気持ちいいですか？　何度でもイきなさい。イけば、クスリも抜けますから。汗、精液、唾液、分泌液、全ての体液に混じって排出されるはずです」

あくまでも、クスリを抜くためだと、潤の心を軽くするために列挙する。

「…あっ…うっ、出るっ…」
二、三回、すりこぎ棒を動かしただけで、あっという間に潤は昇りつめてしまった。
「出して下さい」

すりこぎ棒を挿入したままで、時枝が潤の茎に触れてやると、潤は時枝に身を預けて一回目の吐精をした。

「うっ…黒瀬、…黒瀬ッ…ぁあああああ……あぁあああ」

精液を吐き出してしまうと、潤が大声で黒瀬の名を口にし両手で顔を覆い啼泣《ていきゅう》した。

「市ノ瀬さま…」

時枝が潤の上半身を起こし、自分の肩を貸す。

「あなたが悪いわけじゃありません。勇一、組長も言っていたでしょう？　困った時は助け合いましょう。私たちは家族のようなものでしょ」

「…ひっクッ…だけど……」

「大丈夫です。私はあなたがどんなに乱れても、治療と思ってますから、あなたに欲情することもありません」

　時枝が自分の股間に潤の手を導いた。

「反応してないでしょ？　私が男で欲情するのは、不本意ながらも組長だけですから」

　時枝にしては珍しく冗談めかして言った。

「あなたも私に感じているわけじゃないでしょ？　クスリで欲して、物理的刺激でイったに過ぎない。だから、何度も申しあげていますが、快楽だけに身を任せなさい。まだまだ、辛いんでしょ？　もう、勃ってますね」

　時枝の手が潤の性器に伸びる。

「あっ……」

「何も考えない。市ノ瀬さま、今あなたがやるべきことは身体を正常にすることです。社長をご自分で助けたいと思われないんですか？」

「…思う…助けたいっ！」

「勇一が必ず社長を見つけ出すでしょう。ああ見えてもそれだけの力を持った男ですから。けれど冷静に判断して、社長はもうヘロインを打たれていることでしょう。市ノ瀬さまはヘロインがどういうものかご存じないと思いますが、あれは地獄です。そ

こから社長を助け出すのはあなたです。違いますか？」

「…俺に…できるの…か？」

「あなただから、できるのですよ。だから、今は、私ごときに羞恥を感じたり、ご自分を責めたりしている場合ではないんです。頭を空っぽにして、快楽に身を任せてしまいなさい。乱れきってしまいなさい。社長を想うなら、そうして、早く身体からクスリを抜くことです」

「…分かった……」

時枝の手が、潤の涙を顎の下から上向きに拭う。

「泣いても構いませんが、悦びの涙にして下さい」

潤がコクンと頷いた。

「…時枝さん…お願いします……続けて下さい……」

潤は時枝の手を、差し込まれたままのすりこぎ棒へ導いた。

容赦なく襲う官能の波に身を投げ出し、時枝の手技に翻弄《ほんろう》され、潤は何度も達した。茎を扱くことと内部への挿入で忙しい時枝の代わりに、自らの手で熟れた左右の乳首を弄る。左胸のピアスに触れると、黒瀬の愛撫を思い出し、甘い痛みが縦に広がった。何をされても、何をしても、この身体は黒瀬のモノなんだ、と所有の証に着けられたピアスが潤に語っている気がした。

今は感じてもいい。何度イってもいい。

誰の前でも誰の手によるものでも、きっとその事実は変わらない。

極まる快感で頭が白くなり、終いには潤の思考は停止し、激しい官能だけが潤を支配し続けた。


「本当にお世話になります。何から何まで」

潤が失神したあと、時枝は家の主に湯とタオルを頼み、湿ってしまった敷き布団を替えてもらい、新しい寝間着まで用意してもらった。

「えらく、訳ありっぽいけど、まあ、好きなだけいろ。警察には通報するつもりはないから。えっと、あと弁明ってわけじゃないけど、俺は何もしてないぞ。正気じゃない顔で欲しがるから、自分でしろと与えただけだ」

男がすりこぎ棒を指す。

「ええ、ありがとうございます。また後ほど、お話を聞かせて下さい」

いつでも声かけてくれと、男は何も聞かず出ていった。

「可哀想に……」

最後は出るモノもなく勃起していた。

市ノ瀬は、自分のせいだと自分を責めているが、逆だ。社長のせいで、イギリスでも地獄を経験し、今度は薬物だ。我々が危険な目に遭うのは仕方がない。しかし、一大学生が短い期間に二度もこんな目に遭うとは。

社長と…武史と心を通じたばかりに、酷い目に遭っても自責の念に苛《さいな》まれている。

いや、こうなったら、勇一にも一端を担ってもらう。だったら結びつけた責任を俺が負うしかない。武史から市ノ瀬を離すことは無理だ。だったら結びつけた責任を俺が負うしかない。しないで済むよう、俺たちがしっかりしないと。武史を導いていくと決めたんだ。市ノ瀬が武史の側で立っていけるように彼を導いていくのも俺の仕事だ。

普通の大学生だったはずの潤の人生。

それを大きく変えてしまった責任を、ぐったり横たわる潤の顔を眺めながら、時枝はヒシヒシと感じていた。

「あんたらも大変だな。事情を訊くつもりはないが、ありゃ、薬物使用ってとこか」

潤の寝ている部屋を出て主を訪ねると、夕餉の支度がされていた。

まあ食え、と家の主に魚の頭が入った碗を勧められた。

「もう一人は、戻ってくるのか？　一応布団用意しといた方がいいか？」

「いえ、戻ってこないと思います。手ぶらでは戻らないでしょうし。私もホテルを取ろうかと思っています」

「なに、遠慮はいらねぇぜ。バカやりすぎて、家族もいねぇしな。アレがさ、また、その、発作起こされても、俺じゃどうしようもないだろ？　まだ動かせないだろうから、泊まってもらった方が、助かるんだが……」

「美味しい……。そうですね。ご迷惑おかけついでと言っちゃ何ですが、一晩お世話になります」

　魚しかねえけど、と焼き魚と刺身、白飯も出され、漁師の振る舞う夕飯を時枝は堪能した。

「あんた、いける口かい？」

　男が一升瓶と湯飲みを二つ抱えてきた。

「嫌いじゃ、ないですが」

「じゃあ、一杯付き合え。美人さんと呑むのもいいだろ」

「美人？」

「あんたのことだよ。スッとした顔がいいじゃねえか。いつもごつい顔ばかり眺めてるからよ。たまにゃ、こういう美人さんを肴に呑むのも悪くねえ」

「あの、私、男ですが？」

「別に鑑賞するのに、男も女もねえだろ。寝るのはオッパイのデカい女に限るがな」

　思わず、自分の胸に手を当てた時枝だった。

　何やってんだ、俺。

自分で自分の貧乳を確かめたみたいで恥ずかしいったらない。

「あんた、顔に似合わず面白いな。しかもアレの相手してやったんだろ？　ソッチの気もあるのか？」

「ありませんっ！　彼の相手をしたのは、催淫剤を抜くためです！」

男と寝たことがあるのかと訊かれたわけじゃない。

俺のは勇一限定だから、ここは否定でいいはずだ！

俺はいわゆるホモじゃないんだ！

時枝の脳内、屁理屈が渦巻いていた。

「冗談だよ。ムキになりなさんなって。ほら、一杯。訊きたいこともあるんだろ？」

そうだった。市ノ瀬が保護された時の状況を訊いておかないと。

「…いただきます。ん？　呑みやすい…」

サラリとした喉越しの酒だった。

「だろ？　大分の蔵元から送ってもらっているんだ。店頭では入手困難だからな」

酒にはうるさいんだと自慢げに言われた。

「状況をお聞かせ願いますか？　市ノ瀬さまは一体どういう状態でこちらへ？」

「俺さ、犬が好きなんだ」

「犬？」

どうして犬が出てくるんだ？　待て、焦らず聞いてやろう。

それで、と得意のビジネススマイルを向けてやった。

「飼いたくてさ。できれば大型犬がいいかなって。それもさ、ペットショップに売っているようなヤツじゃなくて、飼い主から捨てられたのとか、病気でもう誰からも相手にされなくなったのとか、行き場のない年老いた野良とか。そういうヤツの面倒見てやりたいと思ってたんだ」

イラついたが、そこは大人の態度で、時枝はさらに先を促した。

「そういうのって、結構いそうだろ？　だけどな、いないんだわ、これが。あんた、頭良さそうだからその理由分かるか？」

「いいえ」

頬を引き攣らせて答えた。

「そういうのは、俺が見つけるより先に、駆除されるんだよ」

なぜか、男の目が潤んできた。

「保健所に行けば、たくさんいるんじゃないですか？　保健所や専門のセンターで最終的に薬殺するんでしょ？」

「ああ、たくさんいるんだよ。それこそ、大型犬に限らず、犬も猫もな。あんた、その中から一匹選べるか？　俺には無理だ。全部連れて帰りたくなる…」

グッと、男が湯飲みの酒を呷《あお》る。はあ〜と、呑み干した目頭が光った。

この男、泣いてるのか？

「あの、それで、犬と市ノ瀬さまと何か関係が？」

我慢しきれず、時枝が男に訊いた。

「犬だと思った……」

「はい？」

「死にかけた犬だと思ったら、人間だった」

「あの、もっと詳しくお聞かせ願いますか？」

それもそうだな、と男はやっと潤を見つけた時の詳しい状況を語り出した。

「漁に出ててな、港に戻る船の上から、テトラポッドの陰に白くて動くものが見えたんだ。てっきり犬が踞っているのかと思ってよ。一緒に漁に出てた奴らも、ありゃ死にかけた犬だって煽るものだからよ。陸に上がって、探しにいくと……」

「犬じゃなくて、市ノ瀬さまだったんですね」

「あぁ、そういうことだ。運命の出会いだ！　って駆けつけたら……ビックリしたぞ。まだ早朝だったしな、あの時間に人間がいるとは思わない。しかもこの寒い時期に上着も着てなければ、ズボンのファスナーは開いてるし、その何だ…虚ろな目でアレ触っていて…しかも、助けを求めるし……。一目でヤバい状況だって分かった。警察か救急車かと思ったけど、腕に注射針の痕が見えたんで、ここに連れてきた」

「なぜ、通報しなかったんですか？」

「クスリ打たれて、暴行でもされたかと思ったんだ。自分からクスリに手を出すタイプには見えない。警察であれこれ訊かれるのは男でも辛いだろ。あと、あんたに連絡取ってくれって、そればかり口にしてたからな。事情があると思うじゃないか」

「助かりました。本当にありがとうございます。行方不明だったんです」

「そうか…。良かったな。ま、困った時はお互いさまだ。もう一杯どうだ？」

根掘り葉掘り訊いてこないところが、この男の懐の大きいところだろう。多いに好感が持てる。

「いただきます」

黒瀬は必ず勇一が見つけてくれる。それがいつになるのかが気がかりだ。遅れると黒瀬が廃人になってしまう。そのイラ立ちが、時枝にさらに酒を呑ませた。口当たりがいいと言っても、日本酒なのだ。疲れ切った時枝の身体に、アルコールがよく巡る。普段なら酔わない量でも、時枝の脳はアルコールで解放されつつあった。

「いい呑みっぷりだ」

「…ああ…旨い……」

時枝の目が据わってきていることに、男は気付くべきだった。

「呑むと目元が色っぽくなるな。まま、もう一杯」

「……」

無言で湯飲みを差し出すと、グイッと飲み干した。

「男前の呑みっぷりだ…。美人さんで、男前とあっちゃ、もてるだろ？」

「……誰が…美人だって……？」

低い声で時枝が呻った。

「だから、あんただ。時枝さん」

「俺は、男だって言ってるだろっ！」

体格のいい男の胸ぐらを時枝が掴む。

男の手から湯飲みが落ち、男の横の酒瓶が倒れた。そんなこと、時枝には関係ないらしい。ビジネススマイルが消え、充血した目が眼鏡越しにギラリと男を睨みつける。

「お、落ち着いて」

「だいたい、人のことどう思っているんだ！　みんなして女扱いしやがってっ！」

「女扱いは、してません……」

「オイ！　お前、分かるか？　俺はな、俺はな……、押し倒されたんだぞ。弄ばれたんだっ！」

酔った時枝の頭の中で、勇一とのことが、現実と虚構混じり合って一つの物語になっていた。

「……誰にですか？」

「今の、パートナーに……」

「は、激しい女性だな……そりゃ、また」

「俺は、嫌だったんだっ！　でもしょうがないだろ？　離れられないんだからっ。受け入れてやるしかないだろっ！」

至近距離で、唾を飛ばしながら時枝がくだを巻く。

「はい、そうですね」

何が言いたいのか分からないが、これ以上時枝を興奮させないように、男は適当に相づちを打った。

「いつも、気持ちが良いんだ……。あいつ、上手いんだ…。でも、それって、他での経験が豊富ってことだろっ！　違うか？　なんであんなに……くそっ、俺だって少しは遊んでたっていうのに……」

「——愛があるからとか？」

「愛？…そうか…はは、やっぱり、そう思うか……。許すぞ！　俺はお前が好きだぁああ！　勇一——っ！　愛してるぞぉおお！」

「えっ？」

ブチュッと、いきなり目の前の酔っぱらいに口を塞がれ、男は目をパチクリさせて驚いた。

「おいっ!」

そのまま動かない時枝を押しのけると、時枝は寝息を立てていた。

「おいおい、酔うとこうなるとは……都会の美人は酒癖が悪いな。にしても、勇一?やっぱ、こいつ、ホモか?」

風邪ひくぞと、時枝を潤が寝ている部屋まで連れていき、潤の隣に布団を敷いて寝かせた。

……珍客だよな……

酒を持ち込み、二人の寝顔を肴に男はまた呑み始めた。

…ウルサイ……

耳元で鳴り響く聞き覚えのあるメロディ。重い瞼をこじ開けて、時枝はその発生源を手にした。

「……はい」

『見つかったぞ』

「……」

『寝呆けているのか？　武史を見つけた』

その言葉に、時枝の目が覚めた。

跳び起き、携帯を耳に当てたまま部屋を出た。

「無事か？　生きているのか？」

『生きてはいる……。この状態を無事と言うのかは分からない。お前、すぐ来い。場所は……』

「市ノ瀬はどうする？　連れていくか？」

『まだ、会わせない方がいいだろう。可哀想だが、そこに置いてこい』

「分かった。すぐ行く」

携帯を閉じ部屋に入ると、潤が起きていた。

時枝の顔を見るなり、潤の頬が赤らんだ。昨夜、時枝の手によって乱れたことが照れ臭いのだろう。

「ご気分はいかがですか？　身体は楽になりましたか？」

「…おかげさまで」

照れもあるのだろうが、どうもそれだけではないらしい。見てはいけない物を見たような表情をしている。

「時枝さん、その格好……」

自分を見下ろすと、ランニングにボクサーパンツだけだった。

「なっ」

慌てて服を探した。勇一の前じゃあるまいし、そんな姿を潤に晒したかと思うと、時枝は羞恥で焦った。記憶はなかったが、服はきちんと畳まれて部屋の隅に置かれてあった。畳み方で、自分が畳んだのではないと分かる。

……誰？　ここの主しかいないか。

何かしでかしたのかもしれない。いや、そんなことより早くここを出なければと服を着た。

「見つかったんだね？　そうでしょ、時枝さん。ねえ、そうでしょ？」

「なぜそう思うのですか？」

「時枝さん、酷く慌ててる。靴下が左右逆だよ」

ソックスのポイントが確かに逆になっていた。

「はい、見つかりました」

「無事なんだよね？」

「大丈夫です。生きています」

潤が突然立ち上がった。一歩前に出たが、ふらつき、前のめりに倒れる直前に時枝が受け止めた。

「どうしたいのですか？」

「俺、行かなきゃ。黒瀬のとこに行かなきゃ」

時枝の腕を、潤の指が食い込むように掴んでいる。

「駄目です」

「何でだよ！　見つかったんだろ？」

「落ち着いて下さい、市ノ瀬さま。状態を確認してきますから。第一、そんな身体で会いに行かれても足手まといです」

「いつだったらいいんだ！」

「ちゃんと、連れていってあげます。二度と会えないというわけじゃないんです。もう我々の元にいるんですよ？　食事をきちんと摂って、体力を付けておいて下さい。いいですね」

「嫌だ！　会わせろっ！」

無事なら何で会わせてくれないんだ、と潤はパニック状態だった。無事と言いながら、会わせてもらえないことに混乱して、時枝の胸を力ない拳で殴っていた。

「ねえ、お願いだから。一目でいいから、会わせて……くれよ……」

懇願しながら、頬を熱いものが伝って落ちた。

「しょうがありませんね。こんなことしたくはないのですが……」

「うっ」

潤の腹に時枝の拳がめり込んだ。

呆気なく気を失った潤を布団に寝かせると、靴下を履き替え部屋を出た。

ここの主に潤のことを頼んでいこうと男を捜したが、どこにも姿がなく、ちゃぶ台の上には二人分の朝食の用意とメモが残されていた。

『漁に出てくる。勝手に食ってくれ』

有り難いなと思ったが、朝食を摂る時間も惜しかった。時枝は一秒でも早く黒瀬の元へ向かいたかった。

男のメモの横に、

『急用で出掛けます。戻るまで、市ノ瀬さまのことよろしくお願い致します。何かありましたら、こちらに連絡を090……』

と携帯の番号を走り書きし、男の家を飛び出した。


タクシーを拾い、渡辺通りで降りた時枝は指定されたマンションへ向かった。誰名義のマンションか聞いてなかったが、時枝が着くと勇一がマンションの入口で待っていた。黒瀬や時枝が暮らす高級マンションとは違い、中古の野暮ったい感じの造りの五階建てのマンションだった。外壁が赤茶の安っぽいタイルからも年代が覗える。空室が多いのか、ポスティングのチラシがはみ出している郵便受けがかなりある。

「勇一、福岡に部屋を持っていたのか？」

「いいや。ここは昔佐々木の妹が住んでいた。今は佐々木がマンションの建物ごと所有している。保証人なしの訳ありに貸している。ま、ご同業の隠れアジトだ」

「ホントは桐生の所有だろ？　佐々木の名義で所有してるんだろ？　違うか？」

「さあね。ほら、この部屋だ」

勇一の案内でマンションの一室に入った。

「武史、勝貴が来たぞ」

声を掛けてから、勇一がドアを開けた。

窓を厚いカーテンで覆われた暗い部屋の中央にダブルサイズのベッドが一つ。

そして……

「泣くな！　お前が泣いてどうする。勝貴のせいじゃない」

「…俺のせいだ……。あの時、寝るまで見届けてたら……クソッ……俺のせいなんだっ」

ベッドに横たわる黒瀬の姿を確認した時枝は、あまりのショックでその場に崩れてしまった。いつもの冷静さも取り繕う仮面もない。ペタンと床に座り込み、拳で床をドンドンと叩き、眼鏡は涙で曇っていた。
「市ノ瀬を呼ばなくて正解だった。勝貴でこれだからな」
もちろん、発見時に勇一が受けたショックも相当なものだった。

潤の話から、勇一が秘密クラブに少年少女を斡旋《あっせん》している組織を見つけ出すのに、さほど時間は掛からなかった。

潤の友人の松山剛を探し出し、『優しく』白状させた。この友人も気の毒といえば気の毒で、彼の友人の保証人になっていたらしく、その友人が行方不明になり借金を背負わされていたらしい。この松山、実は潤が誘拐されるとは思ってなかったようだ。潤が暴力団関係者の女に手を出したので、ちょいとばかりのお灸を据える手伝いをしろと、取り立て屋に脅されたらしい。その取り立て屋から、すぐに、潤を誘拐した組織が割れた。桐生組から武闘派を夜の便で福岡に呼び寄せ、福岡の懇意にしている組から数人借り、グループのアジトに乗り込んだ。しかしそこは事務所で、留守番がいるだけだった。肝心の誘拐メンバーも黒瀬の姿もなかった。事務所に残っていた一人を袋叩きにして監禁場所を聞き出し、救出に向かった。

潤の話だと、潤は倉庫に監禁されていたようだが、そこから連れ出された黒瀬もまた別の倉庫に監禁されていた。

「動くなっ！　武史を返してもらおう」

突然の勇一たちの来襲で、倉庫内は騒然とした。潤の話どおり、中には四人しかいなかった。

積み上げられた段ボール箱の間で花札に興じていた四人は、丸腰のまま取り囲まれた。

「…殺さないで…くれ」

勇一たちは総勢二十人体制で手には拳銃や刀を持っていた。

「武史はどこだ？　お前らの命は武史の状態次第だ」

勇一の言葉に四人の顔が凍り付く。

「…あっちの部屋だ…、なあ、俺たちは頼まれただけなんだ……。短期間で中毒にしてくれってよう…それで……計算して……」

四人の中の一人が、額から汗を掻きながら、言いわけめいたことを口走った。

「御託はどうでもいい！」

勇一がその一人を殴り倒し、黒瀬がいるという部屋へ向かった。

重いドアを開けると異臭が鼻をついた。いくつもの修羅場を潜り抜けてきた勇一でも、目を覆いたくなるような光景がそこには広がっていた。

「……嘘だろっ……」

薄暗い部屋で床に転がされていた黒瀬の姿に、勇一は絶句した。

シャツ一枚の半裸状態。口元は緩み、そこから涎《よだれ》が流れている。恍惚《こうこつ》状態で目は半開き、食事を摂ってないのか、骨の窪みが分かるほど、頬が痩《こ》け目元が落ち込んでいた。ボタン数個が留められただけのシャツははだけ、打ち身と掻き毟《むし》ったと思われる縦に伸びる傷が至るところにある。体中の傷から、自傷行為が始まっていることが覗えた。自分で抜いたのか、爪の間には長い黒瀬の髪が嵌っている。酷いのはそれだけではなかった。床には吐瀉《としゃ》物が広がり、黒瀬の下半身は、自分の排泄物に塗《まみ》れていた。それがこの部屋の異臭の元だった。

ヘロインの禁断症状では、一般的に体が壊れそうなほどの骨や筋肉の激痛や蟻走《ぎそう》感が知られているが、実際はそれだけではないのだ。ヘロインは多幸感を味わえる一方で、嘔吐や下痢を引き起こす。しかも下痢は慢性化する。

人としての姿ではなかった。尊厳など微塵もない。変わり果てた弟の姿に、勇一の怒りが頂点に昇った。

「武史、ちょっと待ってろ……」

一旦その部屋を出て、四人のところへ向かうと、

「よくもうちの綺麗どころをあんな姿にしてくれたなっ」

四人全員の鼻梁《びりょう》を拳で潰した。

「…うっ…かん…べん…してくれ……」

「誰に頼まれた。吐け」

「三杉《みすぎ》の坂田《さかた》専務……」

「三杉？　あの三杉グループか？」

「…ああ……」

「どういうことだ。一流企業の専務がヤクザの真似事か？」

「…理由など…知らない…。だが…企業からの依頼は結構……ある…。ライバル会社同士、裏で汚いことは……。揺さぶりを掛けるために、娘を薬中にするとか……」

裏の仕事でのトラブルじゃなかったのか。何ということだ。ヤクザ以上に汚いことしてくれたな。武史のバックが桐生組だってこと知らないわけじゃなかろうに。

ああ、そういうことか。いざとなれば、その坂田というのに罪をなすりつけて処理しようとする魂胆か。一専務ごときの判断とは思えない。

その辺のことは、勝貴に任せればいい。

あいつだって、武史の姿を見れば、きっと恨みを晴らしたいだろうからな。

今は……

「お前ら、まさか鼻の骨だけで済んだと思ってないだろうな。しっかり落とし前つけさせてやる。残りのヘロインはどこだ？」

ヘロインの溶剤を自分たちで作らせると、四人お互いに打ち合いさせた。

「ただ殺すだけじゃ、面白くないからな。同じ苦しみを味わえ」

あとの始末は任せる、と四人を福岡の組の者に委ね、桐生の組の中でも年配の者だけをその場に残し、他の者は残ったヘロインの処分にあたらせた。

「いいか、今から見ることは忘れてくれ。決して組の中でも口外禁止だ。武史の尊厳に係わる」

この勇一の言葉で、桐生に古くから籍を置く者たちは黒瀬の状態がかなり酷いと察した。勇一の父の代から仕えている彼らは、ヘロインがどういうものか熟知している。勇一以上に修羅場も潜ってるし、度胸も据わっている。桐生のアイドルの黒瀬の身に起こったことを、面白おかしく吹聴することは決してない。それを見込んで、勇一は武史の保護に乗り出した。

勇一に案内され、変わり果てた武史の元へ足を運んだ彼らは、一瞬目を見開いたものの、誰一人として声を上げなかった。

自分たちのシャツを脱ぎ、水道の蛇口を見つけると、そのシャツを濡らし、黒瀬の身体にこびりついた汚物を無言で拭いた。誰一人、嫌そうな顔をしない。目に怒りと黒瀬への愛情を浮かべ淡々と作業を行う彼らを見て、勇一の胸に熱いものが込み上げてきた。

勇一は桐生の組を継いでよかったと、この時初めて思った。

黒瀬は両手両脚を革のベルトで固定されていた。

時枝は黒瀬の姿を見ることができなかった。床を見つめたままだ。

「…もう…廃人じゃないのか……」

自分の身体を傷つけないように、手首から指先にかけて包帯をグルグル巻きに巻かれている。別人の形相になってしまった黒瀬が、裸で紙おむつ、しかも四肢の動きを封じ込められている姿は、哀れで見るに堪えられなかった。

「完全に中毒だ。今はとりあえず、モルヒネを投与している。だが、それももう断たないと」

黒瀬の身体から落ちてしまった毛布を拾い上げ、勇一が黒瀬の身体に戻してやる。

「薬が抜けてみないと何とも言えない。脳に障害が残る可能性も否定できない。ご丁寧に短期間で廃人になるよう計算して薬《ヤク》漬けにしてくれたからな」

「許さないっ！　殺してやるっ」

「残念だが、実行犯はもう魚の餌だろ。奴らに頼んだ主犯はお前のためにとってある。武史が元に戻れば二人で復讐すればいいし、最悪、お前一人でやれ。気が済むまでやればいい。フォローはしてやるが、相手はお前の分野だ」

「どういう意味だ」

「これは裏関係じゃない。敵は企業だ。三杉だ」

「……」

「殺《や》れば気が済むような相手じゃないだろ？」

勇一がしゃがみ込んで、時枝を挑発するように畳みかける。

憤激で冷静さを失っていた時枝の脳が勇一の言葉を受け、冷ややかに計算を始めた。涙で曇った眼鏡を一旦外すと、ハンカチでレンズと顔の水分を拭い、眼鏡を掛け直した。

時枝の目に鋭い眼光が戻る。

「桐生の力で、実行犯がまだ生きていることにしといてくれ。社長はまだ彼らの手元だということに。できるか？」

「企んでるな。ああ、できる。奴らの事務所の留守番役は生存しているはずだから、奴を使えば簡単だ。何、命が惜しければ何でもやるさ。任せとけ。他には？」

「それだけでいい。あとは……」

勇気を振り絞って時枝が立ち上がる。黒瀬の元へ行くと、痩けた頬を撫でた。

「できることなら、社長と二人で、この借りは返したい。大企業相手でも負けるわけにはいかない。これはもう、戦争だ。万が一、俺一人になってもやる」

「市ノ瀬はどうする」

「冷たいようだが、企業戦争で学生の彼に何ができる？　彼が最初にすべきことは何だ？　復讐じゃないだろ？」

「武史か……」

「この姿に耐えられるかどうかは、分からんが……俺は市ノ瀬に賭けたい」

「そうだな。市ノ瀬にもこの現実を受け止めてもらわないと」

そうと決まれば、今、自分がしなくてはならないことが時枝にはハッキリ見えてきた。

東京に戻り、とりあえずの社長代行の権限を重役会議で認めさせ、あとは三杉の情報収集だ。

「勇一、あとは頼んでいいか？　俺は東京に戻る。市ノ瀬も頼んだぞ。そういえば香港はどうなってる？　まさかあの方の耳には」

「入れるはずないだろ。あの方の怒りを買うと俺たちだってヤバいだろうが。組だって潰しかねない。というか、百人単位で死者が出そうだ。三杉なんて、関係ない平の社員まであの世行きになるぜ？」

「だろうな……。あの方が実質緑龍を操っているようなものだからな……」

黒瀬の母親の顔を思い浮かべ、二人一緒にはあ〜と深い溜息を漏らした。

「じゃあ、俺は今すぐ発つ」

「いい顔だ。泣き崩れるだけで終わらないところが、さすが俺の勝貴だ」

勇一が時枝の後頭部を押して、自分の顔に近付けた。

「……っ」

勇一が時枝の唇を奪う。

ディープなキスを突然仕掛けられ、時枝の目が泳いだ。しかし、すぐに時枝も勇一に応えた。深いけれど時枝を慰めるような優しさを含んだ口吻だった。

本当はまだ自責の念に苦しんでるんだろ？

だけど、お前は知ってるんだよな、自分のすべきことを……

一人じゃない。俺も付いてる……

「見送りとエールのキスだ。思いっきり、仕事してこい」

「…バカヤローっ。お前に言われるまでもないっ」

時枝は勇一を押しのけ歩き出した。

「ありがとな」

振り返らず、勇一に呟くと足早に部屋を出た。

時枝と組から呼び出した者たちが東京に戻ったのと入れ替わりで、佐々木が福岡に入った。

勇一からの連絡で、黒瀬の容体についてはある程度の察しがついていたが、それでも実際目にすると言葉を失った。

「……ボン……」

「見てのとおりだ。もう薬を与えるべきじゃないが、一気に断つには身体が持たない。モルヒネで誤魔化しているが、それも限界だからな。これから地獄が始まる」

「組長、……すでに地獄です」

「すまんが地獄に付き合ってもらえないだろうか？　このとおりだ」

勇一が佐々木に頭を下げた。

「止めてくだせぇ。最初からそのつもりで来福しました。ボンは組の人間じゃないし、今では桐生の人間でもない。ですがアッシら先代から仕えている者には、ボンは自分の子ども同様に大切なお方なんです。組長がアッシを地獄のお伴に任命してくれたこと、誇りに思います」

「下の世話までしてもらうことになるかもしれないが、このとおりだ」

再度、勇一が佐々木に頭を下げた。

「本当に、頭を上げて下さい。怒りますよ！」

「幹部のお前にさせるような仕事じゃないし、組の仕事でもない。これは組長としてではなく、桐生勇一として頼んでいる。だから、礼は尽くすべきだと思う」

「もう、十分です。このボンの姿を見たら、組長から頼まれなくても、アッシは自分からお世話を申し出ました」

「ありがとう。もちろん、お前一人ではない。市ノ瀬と二人であたってもらうことになると思う。が、市ノ瀬に耐えられるかどうか……。結果、佐々木には武史と市ノ瀬二人の世話ということになるかもしれん」

「市ノ瀬さまなら大丈夫ですよ。市ノ瀬さまの愛があれば、きっとボンの回復も早いですよ」

「佐々木がそう思うなら、大丈夫だろう。俺は市ノ瀬を迎えに行ってくる。あのクローゼットの中に紙パンツとモルヒネが入っている。よろしく頼む。できればもうモルヒネは与えないでくれ」

佐々木を残し、勇一は市ノ瀬を迎えに漁師のところへ向かった。


「もう、起きられるのか？」

時枝に気絶させられた潤が覚醒した時、当たり前だが時枝の姿はなかった。時枝による昨日の荒療治が効いたのか、身体も頭もスッキリしていた。だが、立ち上がると足腰の筋肉が弱っており、歩行はやっとだった。

部屋を出て、音のする方へ向かう。男が居間でテレビを見ていた。

「お世話になりました」

「何か食うか？　腹減ってるんじゃないのか？」

言われてみれば、ちゃんとした食事はしてなかった。保護されてからもお粥ばかりで、それもあまり食欲がなく、一口、二口啜っただけだった。

が、そんなことより……

「あの、時枝さんは？　何か連絡が入ってませんか？」

「ああ、あの酒乱ね。今朝俺が漁に出ている隙にいなくなってた。連絡はないが、急用だとメモが置いてあった。戻るまでと書いてあったから、戻ってくんだろ」

「どこに、行ったかは書いてないですよね？」

「なかったぞ。携帯の番号はあったけど」

携帯にかけたところで、黒瀬の居場所を教えてくれるとは思えない。でも、様子ぐらいは教えてもらえるかもしれない。

「あの、番号教えてもらっても……」

「ほら、これだ」

時枝が残したというメモを手渡された。

「それと……」

「電話だろ？　それ使ってくれ」

レトロな黒電話を指さされ、恐る恐る受話器を握った。

「あの……これ……」

「まさか、使い方分からないとか言う？　穴に指突っ込んで回せばいい」

違う意味に聞こえるのは考えすぎだよな……。潤はダイヤル式の電話に初挑戦した。

『はい、時枝です』

「時枝さん、潤です。黒瀬に会ったんでしょ？　居場所を教えて下さい」

『市ノ瀬さま、申し訳ないんですが今忙しいんです。切ります』

「ちょ、ちょっと待って下さいっ、無事なんですよね？　様子だけでも教えて下さい」

『じき、ご自分の目でお確かめになれると思います。大人しく、そちらでお待ち下さい。ちなみに、私は今、東京です。仕事がありますから、じゃあ』

東京？　仕事？

黒瀬の側にいるんじゃないのか？

それは、黒瀬が思ったより酷い状態じゃなかったということ…だよな？

「どうした？　話し終わったんだろ？　飯食え」

受話器を置いた。

時枝が東京に戻っていることが、潤に少しだけ安堵をもたらした。

「いただきます」

男が用意してくれた食事に箸を付けた。

「…美味しい……」

白飯とアサリの味噌汁、それに焼き魚のシンプルな食事だったが、米の一粒一粒までが美味しく感じた。

「なら、大丈夫だ。飯が美味《うま》く感じるなら、もう心配ない。どんどん食え」

「俺、大変迷惑をかけてしまって…」

「何、気にするな。仕事以外で他人と係わることが少ねえから、これでも楽しんでるんだ」

「助けてもらわなかったら、俺も俺の知人も死んでいたかもしれない……」

「黒瀬ってヤツか？」

「俺、話しましたか？」

「いや、その名前をずっと囈言《うわごと》で口にしてた。呼んでくれって言ったのは、あの酒乱の兄ちゃんだったけどな」

「酒乱の兄ちゃんって……」

黒瀬のマンションで、酔った時枝が勇一に絡んでいた姿を思い出し、フッと笑みが溢れた。

「笑いも出たな。もう本物だ。大丈夫だろ。お前、何かあるんだろ？　やるべきことがあるんじゃないのか？」

潤が箸を置いた。

「はい」

「頑張れよ。人生色々あるが、自分さえブレなきゃ、何とかなるからよ……て、ガラでもないこと言っちまったな」

照れ臭そうに男が頭をポリポリ掻いた。

「ありがとうございます」

実際の親父はイギリス人だったけど、もし普通に日本人の父親がいたら、こんなふうに息子の背中を押してくれるんじゃないかと思った。

「俺、最近分かったんだけど、ハーフなんです。父親とは暮らしたことがなくて……。なんか父親に助言してもらった気がしました。あ、名前伺ってもいいですか？　俺は市ノ瀬潤です」

「そうか、下の名は潤っていうのか。俺は、尾川一馬《おがわかずま》だ。…市ノ瀬？　あれ、待てよ？…？　お前、ハーフって言ったよな？　もしかしてお前の母親、彩子って言わないか？」

何で、彩子の名前知ってるんだ？

「母は彩子です」

男の顔が、青くなった。

「母をご存じなんですか？」

「……狭すぎる。世間ってマジ狭いんだな。彩子の苗字が市ノ瀬ってこと、すっかり失念してた。あの鬼の彩子にこんな可愛い息子か？　生んだのは知ってたが……嘘だろ」

鬼って？

何だ？？？

「俺の母親は鬼ですか？」

「世間一般で言うところの幼なじみだ。さんざんいびられた。イジメられた。つうか、鍛えられた」

「…想像はつきますが……。タフですから」

「ここだけの話、中学の時、彩子の知り合いの女の子にちょっかい出したら、玉潰されそうになった。あいつ、俺のパンツ下ろして、踏もうとしたんだぜ？　本気じゃなかったって後で言われたが、それもどうだか。あの形相はマジだったと思う……。あれ以来、彩子には頭が上がらない…恐くて…。そうか…彩子の息子か……」

想像しただけで、とある場所が縮こまりそうな話だ。

「すみません。母は、徹底した性格なもので……恋愛でも仕事でも喧嘩でも手抜きできないようです」

「恐いけど筋の通ったいい女だ。まあ、お前が生まれた経緯は知っているが、誇りを持っていいと思う。彩子元気か？」

「だと思います。今はイギリスで暮らしています」

「そうか。もう何年も会ってないな。彩子の息子なら、きっと何事にも立ち向かえると思う。訳ありみたいだけど、負けるなよ」

グシャグシャと大きな手で頭を撫でられた。潤は尾川の手に父親の手の温もりを感じていた。

食事を済ませた潤は、尾川の勧めで久しぶりの入浴をすることにした。筋力の低下で脹《ふく》ら脛《はぎ》が収縮し、凝ったような痛みもあったが、湯船に浸かるとそのコリも解された。

……鬼の彩子か……

只者でないことは、息子としても気付いてはいたが、それ以上に実際は凄い女性なのかもしれない。同性愛の不倫の末、その不倫相手の配偶者と子どもを作ること自体、普通じゃ考えられない。しかも年を経て、その配偶者と今度は結婚。黒瀬とのこともあまり気にしているふうでもないし、それどころか変なアドバイスまでするような女だ。

…俺には彩子さんの血が流れているんだよな、負けない、こんなことでは負けないから、黒瀬…会いたい……

バシャバシャと、顔を洗い、溢れそうになる涙を押し留めた。

潤が風呂から上がり、提供されていた部屋に戻ると、そこには来客があった。

「組長さん！」

「お、見違えたぞ？　昨日とはうって変わっていい顔している」

「黒瀬は？　黒瀬はどうなんです？　大丈夫なんですか？」

食ってかかるように、潤が勇一の側に寄る。

「生きている。お前、覚悟はあるのか？」

「覚悟が必要なんですか？」

「ああ、一つ確認しときたい」

座れと言われ、潤は正座で勇一に向き合った。勇一の顔が、恐いくらい真剣だ。

「市ノ瀬、お前、武史の容姿だけに惚れていたわけじゃないよな？　もともとアレも男にしては独特の雰囲気を持った妖艶な男だ。容姿に惚れるのもありだと思う。だが、それだけじゃないよな？」

容姿？　何を言ってるんだ？

俺が黒瀬の容姿に惹かれて好きになったとでも？

飛行機の中で初めて会った時は確かに少しは見慣れない風貌に心臓が躍ったけど、それだけでこんなに好きになるはずないじゃないか。

「容姿に惚れているわけじゃない。黒瀬を分解して考えたことなかった……。見た目も中身も全て黒瀬ですから」

「どんな姿でも、市ノ瀬は武史を愛せるのか？」

「どんな姿って、黒瀬はどうなっているんですか！　教えて下さいっ。そんなに酷い状態なんですか」

「市ノ瀬が想像できないくらいには酷い。正常じゃない。回復するかもしれないが、どうなるかは正直分からない。これから武史は禁断症状と闘わなければならない」

「会わせて下さい！　どんな姿でも構いませんっ。組長さん！」

潤が、勇一に掴みかかった。

「姿を見て逃げ出す可能性があるなら初めから会うな。逃げ出さない覚悟、武史の闘いに付き合う気があるなら、今から連れていってやる。どうするか、じっくり考えろ」

「考えるまでもないっ！　俺を連れていって下さい。お願いします。このとおりです！」

勇一から手を離すと、畳に額を擦りつけて土下座をした。

「分かった。じゃあ、これ着ろ。そう言うだろうと思って買ってきた」

勇一が潤に紙袋を手渡した。中には新しい下着とシャツ、それにセーターとコットンのパンツが入っていた。

「まさか、その寝間着で出るわけにもいかないだろ？　サイズは勝貴に聞いたから大丈夫だと思う」

「ありがとうございます」

最初から、俺がどう答えるかなんてお見通しだったんだ。

「用意ができたら行くぞ。ここの主人にも挨拶入れとかないとな。ああ、そこに転がっているソレ、もらっとけ」

勇一が指さしたのは、すりこぎ棒だった。

「なっ……」

「また禁断症状が出るかもしれないだろ？　ＢＢはな、忘れた頃に出ることがあるんだよ。武史の世話をしている間、お前一人で乗り越えないとならないから。それ、使っとけ」

正論は正論だが……。スッキリした頭で見るソレは、かなり生々しい形状をしていた。

「それに、それを今更ここの主人に返すわけにもいかないだろ？　かといって、処分をお願いするのも図々しいしな」

　そこまで言われたら、持って出ないわけにはいかない。

「分かりました。持っていきます」

「じゃあ、主人のところで待っているから、用意ができたら来い」

　勇一が先に部屋を出た。


「話はついたのか？」

「ええ、連れていきます。お世話になりました。改めてお礼に伺わせていただきます」

「いや、礼には及ばない。実はな、あの子、知り合いの子だってことが判明してな」

　お茶を出された。

「知り合い、ですか？」

　湯飲みを持った勇一が、途中で腕を止めた。

「ああ、頭が上がらない恐い人の子どもだってことがよ、さっき分かってな。正直俺も驚いている。あの子の母親を知ってるんだ」

「世間は狭いですね」

　ズズッとお茶を啜る。

「昔世話になったから、今回のことはお互いさまということで、気にするな」

「ありがとうございます」

「ところで、桐生さん、勇一ってあんたかい？　違ってたら、忘れてくれ」

「いえ、違いませんよ。私の名前は勇一ですが？」

尾川が照れ臭そうな表情を浮かべた。

「あまり嫁さんに外で酒飲まさない方がいいぞ？」

「嫁さん？　時枝のことですか？　彼が何か？？？？」

「酔ってな、喚いてたぞ？　そこまではいいんだが、酔った挙句に襲われかけた」

勇一が口に含んだお茶を吹き出してしまった。

「というのは大げさだが、ブチューってな、ココにされたんだ」

尾川は自分の唇を押さえた。

…勝貴ッ！　あのやろうッ、人が必死で武史を捜している間、一体何をしていたんだっ。今度会ったら、絶対お仕置きだッ！

「申し訳ございませんでしたっ！」

組長として組を仕切っている勇一は、そう簡単には頭を下げないのだが、ここは先程の潤同様、畳に額が擦れるほどの土下座をした。

…もし、この男が同性もＯＫのタイプなら、喰われていたかもしれない。あのバカ、自分から襲ってどうするんだ……

「頭、上げてくれ。いや、俺だったからよかったけど、海の荒くれ者には、男もＯＫってているからな。いや、海に限らず、多いだろ？　あんた、手綱しっかり握っててやらないと、ありゃ、大変なことになる」

「おっしゃるとおりです」

普段どちらかといえば、手綱を握られているのは勇一なのだが、この時ばかりは『ちゃんと躾《しつ》けておこう』と、胆に命じた。

「お待たせしました」

潤が紙袋を提げて勇一と尾川のところへやってきた。

「見違えたな。風呂に入って着替えたら、また一段と男が上がった」

「そうですか？　お世辞でも嬉しいです。本当に何から何までありがとうございました。尾川さんに拾っていただいたおかげで、俺、野垂れ死にしなくて済みました。母にもお世話になったと伝えておきます」

「い、いや、それは……。触らぬ神に祟りなしっていうだろ？　できれば、俺の名は伏せてもらいたい」

そこまで怖れられているとは、彩子さん、玉潰し以外も何かやったんじゃないんだろうか？

「じゃあ、また遊びに来てもいいですか？」

「ああ。全てカタが付いたら、お前の大事な人も連れてこい」

「はい、お父さん。て、勝手に呼んでごめんなさい。何か父親のような気がして。実の父に悪いかな?」

「構わないだろ。息子が一人か、悪くねえ。また、遊びに来い。遠慮はいらねえからよ。頑張れ、地獄ばかりの人生はないからよ。辛い目に遭ったぶんだけ、いいこともあるさ」

「俺もそう信じています」

力強い応援をもらい、潤の身体にパワーが漲《みなぎ》ってきた。

「市ノ瀬、そろそろ行こうか」

勇一に促され、潤は世話になった尾川の家を後にした。


〈狂愛の完結篇へ〉

地上の恋も無情！　受難の突入篇

二〇一三年十月二十五日　初版第一刷発行

著　者　砂月花斗
発行者　瓜谷綱延
発行所　株式会社　文芸社
〒一六〇-〇〇二二
東京都新宿区新宿一-一〇-一
電話　〇三-五三六九-三〇六〇（編集）
〇三-五三六九-二二九九（販売）
印刷所　図書印刷株式会社
装幀者　吉原敏文

ISBN978-4-286-14592-1